IRMÃOS BAD: MICK

Melissa Foster

Tradução: Andréia Barboza

Tudo fica mais sedutor depois do anoitecer

Bilionários Irresistíveis

Nota aos Leitores

Conheça os Bilionários Bad: quatro irmãos alfa muito sensuais, ferozmente leais que estão prestes a se apaixonar por suas parceiras. Eu me diverti muito escrevendo a história de amor sexy e emocionante de Mick e Amanda, e espero que você se apaixone por eles, bem como suas famílias e amigos, assim como eu.

Se você costuma ler em inglês, tenho mais de cem livros de romance cheios de mocinhos ferozmente leais e muito sensuais e mocinhas inteligentes e atrevidas esperando por você no meu universo *Love in Bloom*. Os personagens de cada série aparecem em livros futuros para que você nunca perca um noivado, casamento ou nascimento.

Assine a newsletter da Melissa para ficar por dentro dos lançamentos e promoções:
www.MelissaFoster.com/BR-news

Os seguintes livros estão disponíveis em inglês:

Veja a série Love in Bloom
www.MelissaFoster.com/LIB

Baixe GRÁTIS a série Love in Bloom em e-book
www.MelissaFoster.com/LIBFree

Baixe os cronogramas de publicação, ordem das séries, etc.
www.MelissaFoster.com/RG

Capítulo um

ATRAÍDA PELO PULSAR do sexo e do anonimato, Amanda Jenner atravessou o bar escuro, roçando em seda, cetim, algodão e carne, cada toque alimentando a adrenalina que corria em suas veias. Luzes azuis pairavam sobre estranhos suados perdidos na sedutora dança do flerte, esperando por uma noite de prazer. Se Amanda se esforçasse o suficiente, poderia sentir o aroma de amanhã: o arrependimento. Hoje à noite, ela não tinha espaço para a preocupação destruidora de confiança sobre o que o amanhã traria. Observou a multidão, como fez nas três rodadas anteriores, descartando imediatamente quem não estava fantasiado. Seu mundo estava cheio de homens entediantes que eram mestres em cortejá-la, levá-la para jantar e entediá-la até sentir sono. Dez anos de livros e filmes românticos a levaram ao erro, o que a fizeram sair em busca da agulha no palheiro. *Ela* se desviou do caminho, sempre cuidadosa em sua forma de agir e de se vestir. Ou como sua irmã mais nova, Ally, diria, *cuidadosa com quem beijava, com quem se relacionava.* Ally, no entanto, assumiu o controle de sua vida sexual e encontrou o homem perfeito.

Agora é a minha vez.

Amanda estava à caça, em busca de um homem que pudesse cortejá-la, fazê-la rir, pensar e sentir… *por uma noite.* Um homem que não apenas soubesse como satisfazer uma mulher, mas que também gostasse de fazê-lo muitas vezes antes de se satisfazer. Se não fosse por Ally, não saberia que homens assim existiam na vida real. Mas agora que sabia, queria um, e o bar com festa à fantasia era o local perfeito para sua festa de estreia solitária.

Seus olhos se fixaram na figura sombria de um homem, grande e poderoso, que se destacava alguns centímetros acima da multidão. Ele se inclinou em direção a uma mulher que usava um vestidinho preto sensual e uma máscara que cobria seu nariz e testa, assim como a de Amanda. O pulso dela acelerou, não pelo homem alto, musculoso e mascarado, mas pela competição. Como uma boa assistente jurídica, fez sua pesquisa, trocando os romances pelo *Manual: Libere sua sedutora interior* e procurando sites da internet em busca de dicas sobre flerte e controle de sua sexualidade. E então praticou.

Muito.

Passou semanas representando mentalmente sua nova persona sedutora, usando seu chefe e *crush* secreto há três anos como sua presa. Ele era sexo e pecado envoltos em Armani e abençoado com um cérebro inteligente… e fora dos limites. Ele nunca misturava trabalho com prazer, o que o tornava o parceiro de fantasia perfeito.

O homem mascarado se virou, proporcionando a Amanda uma visão melhor de seu amplo peito e ombros, envoltos pelo couro preto. *Eu gostaria de estar envolta em você.* Um arrepio seguiu o pensamento. Ia mesmo fazer isso? Respirou fundo, trêmula, e observou a máscara prateada que alcançava as bochechas, escondendo parte da barba escura e sexy, e que cobria seu nariz até a linha do cabelo. Ele desviou o olhar e a pegou o encarando. Seus mamilos se contraíram de excitação. A sensação desconhecida a assustou, abalando momentaneamente sua confiança. Desviou o olhar para recuperar o fôlego, lembrando a si mesma de que era para isso que ela estava ali... um lampejo de paixão, uma transa proibida.

Superando o trovão assustador dentro de seu peito, ela segurou a bainha da saia muito curta. Não podia desistir. Não depois de semanas de pesquisa e conversas auto motivacionais. Especialmente depois de encontrar coragem para se depilar da cabeça aos pés, incluindo todas as partes dolorosas no meio, o que era tão assustador quanto estar em meio a uma multidão de estranhos procurando alguém para transar sem compromisso.

Minha nossa, vou mesmo fazer isso?

Ela arriscou outro olhar para o Homem de Couro, que agora estava encostado de forma casual em uma coluna e a observava de um jeito audacioso. Uma mistura vertiginosa de emoção e medo percorreu seu corpo. Ela não ia desistir. A Amanda cuidadosa lutava com força, mas a Amanda sedutora a empurrou para o lado. Ia fazer isso. Faria *com ele*.

Se ao menos pudesse parar de tremer como a porcaria de uma folha. Ela abaixou o queixo, mantendo o olhar firme de Homem de Couro. *Um, dois... não consigo respirar... três, quatro...* Desviou o olhar. Droga. O livro dizia para contar até sete.

Ela iria se fortalecer. Praticar com alguns homens desprevenidos antes de partir para o ataque.

Ataque? Sério? Isso é horrível.

Pare de pensar demais!

Inspirando fundo para se acalmar, ela relembrou do que leu. *Capítulo quatorze, Conquistando o homem dos seus sonhos*, e soube o que precisava fazer. Ao olhar para o mar de rostos mascarados, imaginou o rosto bonito do seu chefe e visualizou o homem alto e sombrio se movendo pela pista de dança, com toda a sua atenção voltada para ela.

Ele nunca iria a uma festa em um bar.

Ela suspirou. *Não ajuda.*

Seu chefe representava alguns dos artistas mais ricos e bonitos do mundo. As clientes do sexo feminino sempre estavam dando em cima dele ou tentando arranjar encontros para suas amigas e irmãs. Essa ideia fez seus joelhos tremerem, mesmo que todos soubessem no escritório que ele nunca misturava negócios com prazer, e ela tropeçou em suas botas de cano alto. Provavelmente não deveria ter tomado duas bebidas no último bar, mas precisava da coragem proporcionada pelo álcool. Outro homem mascarado lançou um olhar predatório para ela, seu braço envolvendo a cintura da moça com um braço enquanto ela tentava recuperar o equilíbrio.

Os olhos dele observaram seu rosto com pouco interesse e de desviaram para o decote generoso da fantasia justa. *Perfeito.* Ela engoliu em seco para acalmar o pânico crescente. *Eu consigo fazer isso.* O *Manual* afirmava que, depois que a primeira sedução acontecesse, o resto seria fácil. Ela desejou poder pular a parte da sedução e ir direto para a fase fácil. Seu cérebro dizia para ela ir embora. Não conhecia esse cara, com quem ele tinha estado, nem *nada.* Mas não era exatamente esse o objetivo da noite? Encontrar sua liberdade sexual? Possuí-la? Escolheu o vestido sexy de veludo preto com o corpete justo em que mal conseguia respirar e com detalhes de cetim e renda que mal cobriam sua bunda para transmitir a imagem de que estava dentro do que quer que fosse. E, só como garantia, comprou botas de cano alto com cadarço sugerida pela *Cosmo* e a peruca loira que o site *bagyourman.com* elogiou, porque todo mundo sabia que as loiras se divertiam mais.

Recorrendo às dicas de flerte que estudou, tocou a peruca

loira e respirou fundo, arqueou as costas e empurrou os seios para frente.

O estranho lambeu os lábios, e voltou os olhos brevemente para os dela por tempo o suficiente para dizer:

— E aí? — E depois desceram novamente.

Sério? "E aí?" Isso nem era o começo de uma conversa. Nem mesmo uma saudação. Era um som que pessoas preguiçosas e sem educação inventaram porque não conseguiam juntar palavras suficientes para formar uma frase. *Eu vesti a roupa. Estou me apropriando da minha sexualidade. E é isso que atraio?* Ela poderia conseguir esse tipo de cara com pernas peludas, chinelos e sem maquiagem.

A voz de Ally sussurrou em sua mente. *Você está fazendo isso de novo.* Sua irmã afirmava que ela limitava suas opções de namoro por ser *excessivamente* crítica. Mas Amanda não acreditava que era assim. Ela era inteligente. Ponto. Seria pedir demais uma conversa inteligente?

Sua resposta veio de uma lembrança do *Manual*.

Capítulo Três: Não fale. Toque.

Certo.

Posso passar uma noite sem uma conversa inteligente. Hoje à noite, ela ia abrir seu corpo e liberar sua sedutora interior. Ciente do olhar intenso olhar que o Homem de Couro lhe dava do outro lado da sala, ela deu a ele seu sorriso mais sedutor.

— Ei. — A palavra pairou em sua língua por alguns momentos extras.

O gênio deu um gole na cerveja que segurava, com o braço ainda em volta de sua cintura.

— Você é gostosa. Qual é o seu nome?

Ela queria algo primal, e a única coisa primal nesse cara era seu mau cheiro. Se forçando a vê-lo como uma preliminar para o evento principal, ela disse, com casualidade ensaiada:

— Lola. E você?

— Rick, — Ele acenou algumas vezes, rindo baixinho.

Ela precisava de mais álcool para isso. Muito mais.

— Me paga uma bebida?

Ele olhou por cima do ombro para o bar lotado, dando a Amanda uma oportunidade de vasculhar a multidão em busca de outro homem para praticar, mas o olhar do Homem de Couro era muito poderoso para ser ignorado e a trouxa de volta.

— Muita fila — disse o homem ao seu lado, e lhe entregou sua cerveja.

— Obrigada, estou bem. — Ela balançou a cabeça para desviar a atenção do homem que queria e tentou se colocar de volta no personagem.

Ele a puxou para mais perto com um sorriso lascivo.

— Estou contando que você seja mais do que boa.

Ela fechou os olhos brevemente, tentando de todas as maneiras trazer à tona a fantasia para que pudesse esquecer que esse cara era um perdedor fedido, mas não importava o quanto tentasse evocar a imagem do rosto bonito de seu chefe, ele se recusava a aparecer. O olhar do Homem de Couro a atraía como uma escrava. A adrenalina corria por suas veias, uma dor carnal crescia em seu ventre, enchendo-a de um calor pulsante.

Isso é primal. Seus sentidos se aguçaram, e ela lutou contra a vontade de pular e gritar, *Eu me sinto primal!* Procurando freneticamente em sua mente uma maneira de escapar do homem que a segurava, ela se lembrou do *Capítulo Dezoito, Indo embora com graça*, e passou os dedos pelo braço de Rick, os olhos ainda fixos no *Sr. Você Servirá Perfeitamente para esta Noite.*

— Ah, eu sou melhor do que *boa* — ela garantiu. — Mas

meus amigos estão ficando impacientes. É melhor eu ir.

MICK BAD AVANÇOU pela pista de dança, avaliando o idiota que segurava o braço da loira. Ele veio ao bar em busca de uma boa transa, e a loira estava transmitindo as mesmas vibrações gananciosas, com um toque sedutor de gato e rato. Ele não permitiria que esse cara de vinte e poucos anos ficasse em seu caminho. Mick já foi esse tipo de cara, arrogante e estúpido, pegando o que queria apesar das consequências. Ele carregou a raiva por ter perdido a irmã mais nova como um cartão de visita, mas superou aquele estágio de encrenqueiro imprudente. Quem dizia que a sabedoria vinha com a idade estava certo. Havia maneiras melhores de lidar com idiotas como ele. Infelizmente para esse idiota, o aniversário da morte da irmã de Mick sempre o levava mais perto do limite imprudente, e se o cara o provocasse, ele poderia abrir uma exceção.

Se posicionou entre a loira e o homem que a mantinha cativa, seu um metro e noventa forçando espaço suficiente para que o cara tivesse que alcançar ao redor dele para continuar segurando-a.

— Que merda é essa, cara?

Ignorando-o, Mick colocou a mão no cotovelo da loira e, em seu melhor tom de voz de marido decepcionado, disse:

— Querida, saio por alguns minutos e você pega outro cara?

— O quê...? — Ela se virou para ele e para o idiota, que estava falando bobagens que Mick também optou por ignorar, e ficou em silêncio à medida que a compreensão surgia.

Mick deu a ela um aceno tranquilizador e depois se voltou

para o cara.

— Desculpe, cara. — Ele colocou o braço em volta da loira curvilínea e se afastou. Ela se sentiu divina contra ele, valendo a pena o momento de irritação.

— Eu estava lidando com ele — ela disse com um leve tremor na voz.

— Pensei em acelerar o processo. Posso pensar em melhores maneiras de gastar suas energias.

— Pode? — ela perguntou, ofegante. Sua boca se fechou abruptamente e ela limpou a garganta. — Você pode? — ela perguntou em um tom mais provocante.

Por que ele achou aquela inocência momentânea incrivelmente sexy era um mistério para ele. Ele não costumava se interessava por mulheres que se desconcertavam com facilidade, mas ele a avistou no vestido mais sexy do mundo, com um toque de renda branca espreitando por baixo, quando chegou. Suas tentativas de manter o olhar dele eram impressionantes, e a forma sedutora como ela se movia entrava em conflito drástico com a maneira nervosa com que puxava a barra da saia quando achava que ninguém estava olhando. *Uma combinação sedutora de impertinência e doçura.*

Com a mão na curva de suas costas, ele a puxou contra sua excitação.

— Com certeza — garantiu. — Além disso, você tem me encarado a noite toda.

Ela respirou fundo.

— Eu...

— Ei, sem reclamações aqui, e sem pressão.

Ela esticou a mão e tocou sua barba. Foi um toque suave, não o toque rude de uma mulher querendo transar, mas por trás de sua máscara seus olhos escureceram. Ele abaixou o rosto em direção ao dela e deu um beijo em sua bochecha, testando as águas. Tinha acabado de tirá-la dos braços de um idiota. Não deveria estar pensando em todas as coisas safadas que gostaria de fazer com ela tão cedo, mas não podia ignorar o olhar suplicante que ela lhe dava, nem ignorar a sensação de seu corpo macio e receptivo. Ela falava em um tom inebriante e baixo, falando sob o barulho do bar em vez de sobre ele, e ele queria ouvir mais.

Incapaz de resistir, segurou o queixo dela entre o indicador e o polegar e inclinou sua cabeça para cima.

— Vamos fazer teste, ver se gostamos.

Sua boca desceu sobre a dela. Ela beijou com timidez, revelando uma inexperiência que o desconcertou devido a seus esforços de sedução. Do outro lado do salão, ele estava pronto para incliná-la sobre o balcão. Agora, tinha o estranho desejo de continuar beijando-a. Afugentando o pensamento desconhecido e desconfortável de sua mente, intensificou o beijo, tornando-o mais profundo e ávido. Ela retribuiu seus esforços com fervor, como se ele a tivesse libertado. Ela gemeu em sua boca, e a vibração chegou até seu pau. Puta merda. Ele foi ludibriado? Será que sua hesitação era apenas uma isca? Ela passou as mãos em volta de seu pescoço, cravando as unhas em sua pele. Mick sorriu contra a boca dela, feliz por ela ser sua conquista da noite.

O corpo dela tremia enquanto devoravam as bocas um do outro, seus corpos se movendo e se esfregando no ritmo urgente deles. Ele manobrou seus corpos entrelaçados para a beira da pista de dança e depois para a escuridão além, até que as costas dela encontraram a parede.

— Não pare — ela implorou.

Ela achava que ele era tolo? De jeito nenhum iria parar. Ele se apossou dela em outro beijo voraz, sons devorando os doces e sensuais que escapavam de seus pulmões. Ele recuou, mordendo seu lábio inferior e dando um puxão suave enquanto avaliava mentalmente suas opções. Ele tinha trinta e quatro anos e não era adepto de transar no banheiro de um bar, mas seu pau não estava tão exigente. Por trás da máscara, os olhos dela estavam fechados. Ele roçou a boca na dela, dando um beijo na curva de seu lábio superior.

— Não pare — ela repetiu, dessa vez com mais firmeza.

Ao inferno com o seu desprezo por banheiros. Ele segurou a mão dela e a puxou pelo corredor estreito. Ela tropeçou nas botas sedutoras. Mick a abraçou e empurrou a porta do banheiro masculino.

— Fora — ordenou a um cara que estava lavando as mãos e trancou a porta atrás de si.

Ele a pressionou contra a parede, beijando-a com força e profundidade, exatamente como queria comê-la. Levantando a perna dela na altura do joelho, ele a prendeu em sua cintura e roçou o pau contra ela. Ela tinha um gosto doce, quente e era o remédio perfeito para sua semana assombrada por fantasmas. Desesperado para superar as lembranças dolorosas, ele enfiou a outra mão por baixo do vestido e puxou a calcinha, deixando o tecido cair no chão.

— Me diga para parar — ele grunhiu, torcendo para que ela não o fizesse.

Ela apertou os lábios e balançou a cabeça. As luzes fluorescentes do banheiro brilhavam em sua máscara e na maquiagem que cobria suas bochechas.

— Vou levar isso como um sinal verde. É um sinal verde? — O advogado dentro dele sabia que não devia presumir.

Ela assentiu.

— Que bom.

Ele colou a boca na dela, beijando-a com força e brutalidade, enquanto enfiava os dedos em seu calor apertado. Ela deu um gemido longo e baixo, se esfregando em sua mão enquanto ele devorava sua boca. Ela estava tão quente, tão molhada, que ele queria cair de joelhos e saboreá-la, mas era cuidadoso quando jogava esse jogo anônimo, o que não era frequente. Felizmente, beijá-la não era como nada que ele já sentiu antes. Sua língua era forte, mas macia como uma almofada, e quanto mais ele a explorava, mais ela se entregava, valendo a pena negar o gosto da doçura entre suas pernas. Com os dedos, ele procurou de forma furtiva o ponto que faria o mundo dela se despedaçar. Ela arranhou seus braços, se curvando contra a parede com um gemido alto e cheio de prazer.

— Aí. *Aí!* — ela implorou.

Ele diminuiu seus esforços, prolongando o prazer dela, e selou a boca em seu pescoço, sugando, mordiscando e lambendo, enquanto ela se erguia na ponta dos pés, com as coxas rígidas. Ele acariciou o polegar sobre o clitóris inchado e ela inclinou a cabeça para trás.

— Putamerda…

Sua voz ecoou pelas paredes do banheiro enquanto o sexo dela pulsava ao redor dos dedos dele. Ele soltou a perna que segurava em sua cintura e ela alcançou o botão de sua calça. Ele agarrou o pulso dela e o prendeu contra a parede ao lado da cabeça, ainda a comendo com os dedos, e levou a boca ao seio ofegante.

— Não pare — ela suplicou.

— Não tenho planos de parar até você não ter mais para dar. Você vai gozar de novo para mim assim, porque eu adoro ouvir esses sons que você faz. — Sua voz estava carregada de desejo, um comando rouco. — Depois, vou me enterrar até as bolas e te comer para poder ouvir um pouco mais.

Ela mordeu o lábio inferior. A inocência dolorida de uma gatinha selvagem. Seus lábios roçaram nos dela enquanto acariciava o ponto entre as pernas que fazia o corpo estremecer contra ele. Ele a beijou lenta e sensualmente, e ela se entregou a outro clímax intenso.

— Aposto que sua boceta tem um gosto doce pra cacete.

A boca dela se abriu, e ele passou o polegar sobre seus lábios inchados.

— Você domina perfeitamente essa coisa sexy inocente.

Ele a beijou novamente, pronto para mais. Baixando a mão dela, ele parou abruptamente ao ver três sardas que formavam um triângulo entre o polegar e o dedo indicador dela. Sua mente parou. Seu peito se contraiu. Ele conhecia aquelas sardas, tinha se concentrado nelas durante a maior parte dos últimos três anos.

No espaço de um instante, seu cérebro carregado de luxúria transformou aquele momento em algo semelhante a um alerta, o que não fazia sentido algum. Ele olhou para os olhos por trás da máscara, *realmente* olhou para eles, tentando juntar os cabelos loiros e a roupa sexy com a assistente jurídica séria e correta que ele se esforçou tanto para resistir.

— Você vai me comer agora? — ela sussurrou.

Aquela inocência.

Aquela voz.

Amanda.

Ele se sentiu culpado, enjoado e eufórico ao mesmo tempo. Não era de se admirar que ele estivesse tão atraído por ela. *Droga. Droga, droga, droga.* O que ela estava fazendo em um lugar como aquele?

Será que ela sabia que era ele?

Deu um passo para trás, sua mente girando. Se ela soubesse,

com certeza não estava deixando transparecer. E se não soubesse, seria um completo idiota por não contar a ela agora? Como ele poderia? E se isso a constrangesse? E se ela não tivesse a menor ideia e se voltasse contra ele? *Assédio sexual? Merda.* Ele lutava contra a atração por ela todos os dias. Havia razões pelas quais nunca cruzou essa linha antes.

Estava com três dedos dentro dela. Provou o desejo dela. Estava completamente ferrado e precisava de tempo para pensar.

— Ei — ele disse baixinho, sem ter ideia do que ia sair de sua boca enquanto arrumava a saia e pegava a calcinha descartada. — Merda — murmurou entre os dentes, jogando a peça que estava rasgada na lata de lixo. O que ela estava fazendo com aquele primeiro cara? Que tipo de jogo ela estava jogando?

— O que há de errado? — ela perguntou com a voz trêmula. — O que você está fazendo?

Deus, Amanda. Minha Amanda. Não. Definitivamente não é minha Amanda. Ele já tinha cruzado a linha. Precisava dizer a ela que era ele por trás da máscara e da fantasia. Olhou nos olhos dela. A inocência ardente o olhou de volta, e seu estômago se contorceu. Deveria contar a ela, mas não podia. Simplesmente não podia. Estava tão fodido que não conseguia pensar direito.

— Eu, uh… — *Eu nunca fico sem palavras. Que merda é essa?* Ele esfregou o queixo, o que o lembrou que não se barbeava há dias. Sua barba crescia espessa e preta. Amanda nunca o viu com a barba por fazer, e a máscara cobria quase todo o seu rosto. Havia uma chance de ela não tê-lo reconhecido. Sua mente girou novamente. Se ela não o reconheceu, que merda ela estava fazendo? Amanda não fazia coisas assim. Ela era tão certinha quanto possível. Ou pelo menos costumava ser.

Ela *tinha* que saber.

Será que esse era um truque dela para tentar conquistá-lo? Não. Ele não foi trabalhar durante toda a semana. Ela não poderia saber que ele estaria aqui esta noite. Mas esse pensamento também estava confuso, porque Amanda não fazia *joguinhos* com os caras.

Exceto que ela *tinha* feito.

Ele estava tão confuso que não conseguia pensar direito, mas a possibilidade de Amanda estar jogando o fez se aproximar novamente, um sorriso curvando seus lábios. Ele tocou a bochecha brilhante dela, absorvendo a curva de seu rosto. Ele desejou fazer isso por tanto tempo que teve que ranger os dentes para evitar soltar um gemido.

Ele não podia se afastar. Não agora. Não depois que ele já tinha cruzado a linha.

— Não assim — ele disse, chocado com a verdade inesperada. — Quero fazer isso direito. Com você na minha cama, onde posso te saborear e te dar prazer adequadamente. — O que estava saindo da sua boca? Ele a queria mais do que queria respirar, mas se envolver com Amanda ia contra os princípios morais e éticos nos quais ele construiu sua reputação.

— O quê…?

A mágoa em sua voz o dilacerou.

— Eu quero você — ele a assegurou. — Apenas não aqui. Não assim. Isso foi… — *Um erro? Incrível? Errado? Tão excitante que eu quero te levar para casa comigo agora?* Ele não sabia o que era, nem o que deveria fazer a seguir, mas seu boca parecia saber. — Me encontre amanhã à noite. The Wine Garden, oito horas.

Quando ela não respondeu, ele a beijou de novo, saboreando sua doçura de novo.

Amanda.

Ele recuou, temendo convidá-la para ir para casa com ele, e precisando de tempo e espaço para clarear sua mente e pensar sobre isso. Essa era uma má ideia. Uma ideia muito ruim. Uma que ele estava impotente para impedir.

— Oito horas — ele repetiu.

Ela assentiu.

— The Wine Garden.

Após dar uma última olhada prolongada, Mick abriu a porta e o barulho do bar invadiu o ambiente. Ele colocou uma mão possessiva na parte inferior das costas dela, e seguiram em direção à porta da frente. O ar frio da noite trouxe um pouco de clareza, e enquanto estavam na calçada movimentada, entre as multidões de mascarados fazendo um tour pelos bares, ele a observou mais de perto. Ela mordiscava o lábio inferior, os olhos se movendo para a esquerda e para a direita, evitando-o completamente. Ele tinha apagado o batom dela com beijos, mas o tom corado e o brilho em suas bochechas permaneciam. Não havia como ele saber que era ela. Não no escuro, com a peruca. Mesmo agora, com as luzes brilhantes da cidade de Nova York refletindo em sua máscara, ele lutava para conciliar a gatinha sexy diante dele com a Amanda que ele conhecia.

Ele chamou um táxi, deu cinquenta dólares ao motorista e segurou a porta aberta para Amanda, sem querer pensar nela voltando para aquele bar.

— Espere — ela disse com urgência, com uma perna dentro do táxi e outra na rua. — Qual é o seu nome?

Santo Cristo. Ela não sabia. Ela realmente não tinha a menor ideia. A decepção o atravessou, deixando um rastro de confusão em seu caminho.

— Eu sou Lola — ela disse.

Ele soltou um suspiro que nem percebeu que estava segurando. Isso devia ser parte do jogo, e ele ficou feliz em entrar na brincadeira.

— Me chame do que quiser, Lola.

Capítulo dois

— AGORA EU ENTENDO, Ally. — Amanda se inclinou sobre a mesa do café, na tarde seguinte, incapaz de conter o sorriso bobo que estava exibindo desde a noite anterior. — A emoção do desconhecido. O poder de saber que você está conseguindo exatamente o que deseja. — Sentiu o corpo arrepiar com a lembrança do que fez com o cara no bar na noite passada. Ainda conseguia sentir as mãos grandes e fortes dele tocando e apalpando, os beijos intensos e deliciosos.

Sua irmã franziu o cenho e apontou o garfo para ela.

— O que você fez ontem à noite não é a mesma coisa que eu costumava fazer.

— Do que você está falando? Segui todas as regras do *Manual*. Depilei cada parte minha, fiz limpeza facial, usei meu melhor perfume, flertei como uma profissional… bem, *quase* isso. Ainda estou trabalhando nessa parte. Mas deu certo! Dois orgasmos depois, tenho um encontro com um cara misterioso que *sabe* como satisfazer uma mulher.

Ela ficou acordada metade da noite revivendo cada segundo, desde o primeiro bar em que entrou até a volta para casa no táxi, e passou da sensação de êxtase para o arrependimento e explorou cada emoção entre elas. Mas nenhum dos sentimentos negativos permaneceu. Estava muito orgulhosa de si mesma por não ter desistido de seu desafio mais recente. Talvez não fosse o tipo de sucesso que poderia contar para os pais, mas estava orgulhosa de si mesma mesmo assim. Saiu de sua zona de conforto e teve uma experiência selvagem e louca que nunca esqueceria, e não ia deixar que sua irmã estragasse seu desfile de sedutora.

— Há um ano, eu teria torcido o nariz só de pensar em ir a um bar com uma festa mascarada. Olha só para mim agora — disse com um sorriso convencido. — Estou *dominando* isso!

— E mesmo assim você está aqui sentada com seus sapatos baixos e saia preta sensata que termina bem abaixo dos joelhos, e está mais comportada que uma freira. — Ally balançou a cabeça e sorriu. — Você não está dominando nada. Além disso, nenhum livro do mundo pode te transformar em algo que você não é. Sabe disso.

— Verdade, mas ajuda. Me deu os passos que eu precisava, o que, lembro a você, irmãzinha, você nunca daria.

— E ainda não dou. — Ally colocou uma garfada de salada na boca, orgulhosa de si mesma. — Está errado, Mandy. Quero dizer, se vestir de forma mais sexy é uma coisa, mas você não precisa ir tão longe e ter uma transa anônima à noite para depois voltar a ser a *Betty Conservadora* durante o dia.

— Estou *comportada* por causa do trabalho. Meu chefe não é exatamente do tipo que costuma deixar o ambiente do escritório mais sensual. Juro, quando me visto mais sexy, o Mick mal fala comigo. Lembra? Eu te contei sobre aquela reunião com o cliente há duas semanas, quando ele nem olhou para mim. — Amanda se lembrava disso tudo com muita clareza. Os músculos da mandíbula dele se contraíram durante toda a reunião de duas horas, e ele fez questão de *não* olhar para ela. Ele claramente não ficou impressionado.

— Ah, por favor. Você é linda, não importa o que veste, mas quando revela suas curvas de violão, se parece com aquela ruiva de *Uma cilada para Roger Rabbit,* só que seu cabelo é escuro. Ele provavelmente estava de pau duro e não conseguia pensar direito. Mas isso não importa. O que importa é o jogo perigoso que você está jogando.

O pensamento de Mick ficar duro por ela era tão excitante quanto ridículo. O homem nem dava uma segunda olhada nas clientes ricas, lindas e talentosas que tentavam seduzi-lo descaradamente. Ele não apenas estabelecia limites entre negócios e prazer; ele os cavava uma vala. Além disso, embora Amanda se considerasse um bom partido, ele estava fora de seu alcance.

— Você acabou de me comparar com um desenho animado. Não é exatamente um incentivo para o ego. — Amanda sorriu, mas embora pudesse negar grande parte do que a irmã disse, a última parte a fez pensar. — Por que é perigoso? Você também fez isso.

— Primeiro, você usou uma peruca. Segundo, usou um nome falso. — Ally pousou o garfo e levantou um dedo para cada ponto que mencionou. — Terceiro, você vai vê-lo novamente. Quarto, você foi masturbada com os dedos, não penetrada. Há uma diferença.

Amanda ficou chocada.

— Espera, o quê? Você disse sem nomes. Sempre. Como isso pode ser errado? E era noite dos mascarados, o que eu deveria fazer? Ir como eu mesma? — Em tom mais baixo, acrescentou o que percebeu apenas algumas horas atrás. — E, além disso, com aquela peruca, Al, juro que me sinto uma pessoa diferente. Não completamente. Quero dizer, ainda precisei me incentivar, mas me senti bonita e sexy e... — *E os orgasmos foram incríveis.*

— Disfarces trazem empoderamento — Ally concordou. —

Mas você vai ver esse cara de novo. O que você vai fazer? Usar peruca loira no seu encontro e dizer que se chama Lola? O que é isso? — Ela riu.

O estômago de Amanda afundou.

— Bem, eu *ia*. Não é esse o jogo? E eu poderia ter… *transado*, mas ele não quis fazer isso no banheiro. Acho isso cavalheiresco, não perigoso. Talvez eu não tenha… — ela baixou a voz para um sussurro, se sentindo como uma jogadora de beisebol iniciante — transado. — Em seguida, em sua voz normal, ela disse: — Mas foi divertido e excitante, e ele prometeu aproveitar cada segundo desta noite.

— Com *Lola* — Ally apontou. — E se você estiver no meio do sexo selvagem e apaixonado, a melhor transa da sua vida, e ele arrancar sua peruca? E se isso o deixar irritado? E se ele ficar violento por se sentir enganado?

Caramba, não tinha pensado nisso.

— Você acha que isso pode acontecer? — Ela teria que reler a parte sobre *Deixar um cara problemático* no *Manual*. Havia ótimas dicas para sair de situações complicadas.

— Provavelmente não, mas sempre há uma chance. As pessoas são estranhas. — Ally estendeu a mão sobre a mesa e tocou a dela. — Você não é assim, Mandy. Você não faz joguinhos. — Ela recuou e sua expressão ficou pensativa. — Eu precisava desse controle até conhecer o Heath. Sua personalidade é mais generosa, mais amorosa e submissa. Você é melhor em deixar outra pessoa no controle, e isso não é algo ruim. Na verdade, acho que os homens preferem isso. Quando você me contou pela primeira vez o que queria fazer, você disse que faria para atrair homens mais excitantes. Você conseguiu. Sabe que pode fazer isso. Acho que deveria deixar isso de lado e voltar a ser você mesma.

Ally conheceu o noivo, dr. Heath Wild, em uma convenção médica onde ela estava como voluntária. O que começou como uma aventura de uma noite se transformou em um amor avassalador. Amanda nunca viu a irmã tão centrada ou feliz. Seria errado querer o mesmo?

Sempre disse a verdade para Ally, e o que disse foi sincero, mas havia mais do que isso, e agora, ao ver a expressão preocupada no rosto da irmã, ela engoliu seu orgulho e confessou.

— Eu não posso. Ainda não. Você está tão feliz com o Heath, e estou realmente feliz por você, mas estou com tanta inveja que nem consigo pensar direito.

— Mandy — Ally disse com o tipo de compreensão profunda que só podia vir de uma irmã e melhor amiga. — Você vai encontrar o cara certo, mas não desse jeito. Quem quer que seja esse homem que você vai encontrar esta noite, ele não vai ser o *cara*.

Considerando que nunca vou poder ter quem eu quero, essa é uma suposição razoável. Mick esteve fora do escritório durante toda a semana. Ela amava seu trabalho independentemente dele, mas quando o homem estava no escritório, era ainda melhor. Ela o respeitava como advogado e o admirava por seu forte senso moral. Homens mais fracos teriam se aproveitado das lindas mulheres que o assediavam sem nem pensar duas vezes. Mas além da gentileza e habilidades legais, ele era ferozmente leal à sua família, o que aumentava seu fator de sensualidade em dez vezes. Ele sempre se encontrava com um de seus três irmãos para almoçar e não pensava duas vezes em se ausentar de reuniões para atender uma ligação de sua mãe.

— Não tenho esperanças de que o encontro de hoje à noite seja com o *cara* — ela disse honestamente. — Só quero uma noite de sexo incrível. Só isso. Nada mais.

Ally franziu o cenho.

— E vocês vão se encontrar no Wine Garden?

— E daí?

— Não sei. Só não vá para a casa dele. Ou para a *sua* casa. Isso é perigoso, não importa que ele jante com você. Toda essa coisa de vê-lo de novo, a peruca, o jogo… parece problemático. Se você está decidida a transar com ele, vá para um hotel, e se certifique de ser memorável quando fizer o *check-in*. Talvez o Heath e eu devêssemos aparecer, só por precaução.

— Ally, não preciso de babá.

— Sério. Não precisamos ficar com você, mas assim podemos identificar o cara.

— Ah, meu Deus. Você já me matou? — Ela suspirou. — Se esse fosse o plano dele, não seria mais fácil ter *transado* e me matado ontem à noite, no banheiro? Não tinha como ele ser pego; havia muitas pessoas não identificáveis de máscaras e maquiagem. Eu estou te dizendo, o rosto inteiro dele era máscara e barba. Mal posso esperar para vê-lo sem a máscara. Fico imaginando como ele *realmente* é.

— Sim, eu não ia mencionar nada sobre os arranhões acima do seu lábio.

Amanda cobriu a boca, sentindo os lábios formigarem com a lembrança dos beijos que a fizeram perder o fôlego.

— Eu tentei cobrir.

— Use *Neosporin* antes de dormir e não coloque maquiagem nisso. — Ally cruzou os braços e sorriu. — E não acredito que estou te dando conselhos sobre arranhões de barba. Se ele for bom, suas coxas também vão ficar assim.

— Por causa da barba dele? — Um arrepio de excitação percorreu seu corpo.

— Entre outras coisas. Seu livro idiota deveria ter te dito

para começar a se exercitar três meses antes da sua pequena transformação em sedutora. E, pelo que vale, qualquer homem que se apaixonar será pela pessoa que você *realmente* é, com sapatilhas e tudo o mais.

Ela conheceu esses homens, e era exatamente por isso que não podia ser ela mesma.

MICK NÃO PRESTOU atenção em nada o dia todo, passando metade da noite se remoendo por causa de Amanda e a outra metade vasculhando o manual de conduta e acordos operacionais da empresa. Não havia nada sobre relacionamentos no escritório, o que tornava as coisas ainda mais complicadas. Ele não tinha uma saída fácil ou legal. A decisão estava em suas mãos, normalmente competentes. Mas pela primeira vez, essas mãos pareciam inadequadas para o trabalho. Ele *queria* Amanda. Ele a queria há tempo demais para ser fácil desistir. E agora que provou dela, agora que viu o lado que negou a si mesmo, ele queria *mais*. Se ela fosse qualquer outra pessoa, poderia desistir. Sempre foi assim. *Dê, receba, vá embora.* Fácil, tranquilo, sem complicações. Nada durava para sempre. A morte da irmã e o fim do casamento de seus pais provaram isso, junto com um milhão de outras coisas ruins que vinham com os relacionamentos.

Apesar do que Amanda fez na noite passada, ele sabia que ela não era o tipo de garota que se envolvia com homens aleatórios. Ela era inteligente e boa demais para isso. Era o tipo de garota com quem um homem se casava e cuidava. Caramba, ela frequentava clubes do livro de romances como os outros frequentavam a igreja.

Por que eu sei disso?

Ele estava pior do que pensava, e nunca poderia oferecer a Amanda o que ela merecia. Ele não *tinha* relacionamentos e, com certeza não planejava casar e ter filhos. Ver sua família se despedaçar já foi difícil o suficiente. Não tinha interesse em se preparar para a dor devastadora que sua família passou.

Ele precisava ser honesto e depois seguir em frente. Deixar a noite passada de lado como um erro. *Um erro incrivelmente maravilhoso.* Ele dominava a arte de recusar avanços de suas clientes ávidas e bonitas, mas aqui estava ele, entrando no Wine Garden, prestes a cruzar mais uma linha com Amanda.

Mick atravessou o bar pitoresco, ignorando olhares calorosos de mulheres famintas e questionando seriamente seu julgamento pela primeira vez na vida adulta. Seus olhos se desviaram de uma mesa para a outra, procurando pela única mulher que queria e lutando contra a batalha que ocorria em sua mente. Ao avistar uma loira deslumbrante sentada em uma mesa no fundo do bar, remexendo o guardanapo, seu coração acelerou com o reconhecimento. Já não haviam passado dessa farsa de disfarces? Ele diminuiu a velocidade, aproveitando enquanto passava despercebido para apreciá-la. Seu decote revelava o contorno dos seios. O calor percorreu sua coluna com a lembrança de sentir as batidas frenéticas do coração dela contra sua língua quando provou os contornos macios.

Ela levantou a cabeça e franziu a testa com confusão.

Puta merda. Ela não fazia a menor ideia de que era ele na noite passada. A percepção o atingiu no plexo solar como um trem bala. Ela estava pronta para transar com um estranho no banheiro do bar. Fechou os punhos ao lado do corpo. Seu estômago se contraiu e queimou. Estava surpreendentemente excitado e irritado na mesma medida, o que não fazia sentido, porque não tinha o direito de se sentir assim. Ele já havia transado com várias desconhecidas, e Amanda não era sua para reivindicar. Mas ela não era o tipo de mulher com quem um cara transa e esquece. Caramba, ela não era o tipo de mulher com quem um cara conversa e esquece.

Ele se aproximou, dando a ela tempo para fazer a conexão.

— Mick? O que está fazendo aqui? — Ela desviou os olhos para a entrada do bar.

— Tenho um encontro — ele disse mais casualmente do que se sentia. — O que há com a peruca?

Ela tocou a peruca como se tivesse esquecido que a estava usando.

— Eu… hum. — Ela fez uma pausa enquanto ele se sentava na cadeira ao lado dela. — É uma piada — disse com a voz trêmula. — Você não pode ficar. Vou encontrar alguém.

— É mesmo? — Ele se recostou, observando as maçãs do rosto altas e o nariz fino e arrebitado. Ele sempre a achou bonita e preferia sua beleza natural à maquiagem sedutora de hoje à noite. Mas isso não significava que não apreciasse o tom vermelho sedutor em seus lábios cheios… lábios que estava imaginando envolvendo seu pau.

— Me conte sobre ele — insistiu. Se ela queria jogar, não havia jogo que ele não pudesse dominar.

Seus olhos grandes e redondos vasculharam o bar, a inocência contrastando com a maquiagem sensual.

— Ele é… — Seu olhar pousou nele, e ele sentiu os lábios se curvarem em um sorriso que dizia "vamos lá, me conte". Ela observou a frente do bar novamente, e então seus olhos voltaram para ele, sérios e confusos.

Ela se levantou, cambaleando no par de saltos altos pretos

enquanto estendia a mão para a bolsa.

— Ele está atrasado. Provavelmente me deu o bolo. Ah, bem. Acho que nos vemos na próxima semana.

Mick se levantou diante dela. Seu perfume floral impregnou seus sentidos, mas sua mente o substituiu pelo aroma excitante de seu desejo da noite passada. Seu pau pulsou com a lembrança, e ele procurou em seu rosto um sinal do mesmo reconhecimento. Além de confusão, definitivamente havia algo provocante e ansioso tentando permanecer escondido, mas não era a clareza que ele procurava, e ele odiava saber que não era destinado a ele, pelo menos não intencionalmente.

Com uma mão em seu cotovelo, ele a guiou para a cadeira ao lado dele.

— Fique.

— Mas e o seu encontro?

Fixando seu olhar confuso, ele se moveu na cadeira, colocando o joelho entre as pernas dela. A respiração de Amanda falhou com o gesto íntimo. Ela piscou várias vezes. Ele era tão atraído por sua inocência quanto por sua ousadia. Levou a mão dela até seus lábios, e beijou as três sardas que a entregaram na noite passada, observando enquanto sua confusão se aprofundava.

— Mick...?

— Meu encontro já está aqui. — Ele se inclinou mais perto e sussurrou: — Assim como o seu, *Lola*.

O SOM RICO e sedutor de Mick dizendo o nome falso de Amanda passou por seu cérebro confuso, causando estragos em sua capacidade de pensar com clareza. Ele a estava tocando de maneiras que provocavam ondas de calor até seu âmago e faíscas de confusão para seu cérebro disfuncional. A perna dele roçava contra a parte interna de sua coxa. Ele segurava seu pulso, *como fez na noite passada*. Estava presa no lugar por seu olhar penetrante, enquanto ele a observava com uma calma impecável, tentando entender que seu chefe e ao misterioso homem mascarado eram a mesma pessoa. Uma gota de suor se formou entre seus seios. Seu coração batia forte. Ela engoliu em seco, pensando em todas as coisas sacanas que fizeram, nas coisas que ele disse. *Aposto que sua boceta tem um gosto doce pra cacete.*

Ah, Deus, o que eu fiz?

Envergonhada e estupidamente emocionada, ela se virou, avistando cabelos loiros se movendo junto com ela, aumentando seu constrangimento para níveis de "me mate agora". Não podia acreditar que se sentiu empoderada com aquela peruca estúpida. Por que não deu ouvidos a Ally? Desejava poder estalar os dedos e desaparecer. Mick não gostava quando ela *usava* roupa sexy, e na noite passada ela estava usando o estilo vadia total. Além disso, ali ela estava, usando saltos altos e um vestido vulgar que comprou depois do trabalho com a única intenção de seduzir seu homem misterioso. Devia parecer tola e imatura.

— Mick, eu... — *Sou uma idiota.* Ela olhou para a porta, desejando poder sair correndo e nunca mais olhar para trás. Seu lábio inferior tremia com uma mistura dolorosa de raiva e constrangimento. Não só ela não tinha um homem misterioso, mas agora precisava pedir demissão do emprego. Como poderia encará-lo novamente? Ela se levantou com as pernas trêmulas, mas a mão dele em seu pulso a manteve perto.

— Sente-se, Amanda. Por favor. — Seu tom era cuidadoso, determinado, seu olhar firme e autoritário, e de alguma forma, também caloroso e convidativo.

Ela se sentou e cruzou as pernas, se sentindo exposta. Ally estava certa. Não estava *dominando* nada disso. Se forçando a ser corajosa, ela o observou, juntando as peças do rosto dele ao do homem da noite passada. Ela viu agora, seus olhos por trás da máscara prateada. Seu rosto sob aquela barba preta como azeviche. Mas, espere. Ele *sabia*?

A raiva superou seu constrangimento, empurrando-o para baixo, abaixo do arrependimento, abaixo do medo de perder seu emprego, fazendo-a tremer por completo.

— Por que você não me disse que era você?

— Eu não sabia — ele falou com a mesma calma que usaria para oferecer café.

Isso não fazia sentido. Ela nunca soube que Mick mentia, o que era uma das coisas que mais respeitava nele. Mas agora se perguntava o quanto realmente o conhecia. O profissional impassível, que não gostava que ela usasse roupas sensuais, estava atrás de uma rápida transa em um bar decadente? Não deveria ficar surpresa que ele se envolvesse com uma mulher qualquer em um bar, mas estava. Isso a *surpreendeu*.

Só havia uma maneira de sobreviver a essa conversa. Endireitou os ombros e disse a si mesma que estava discutindo trabalho, não olhando para o homem com quem fantasiava e seduziu. *E tinha gozado… duas vezes.* Não era o homem que achava que era um cavalheiro, mas que se revelou tão animalesco quanto… *o tipo de homem que estava procurando.*

Chega! Está na hora de assumir o controle. Ela se forçou a parecer confiante.

— Então você deve estar realmente desapontado por ter me encontrado sentado aqui.

— Não, Amanda. Não é desse jeito. — Ele passou a mão

pelos cabelos grossos, ainda segurando o pulso dela como se Amanda fosse fugir, o que ela estava considerando seriamente.

Abaixando o queixo, ela o nivelou com seu melhor olhar *nem tente mentir*. Ele o ensinou a ela, e ela o dominava para entrevistar clientes e testemunhas.

— Me diga, Mick. Como é?

— Eu não sabia quando te vi no bar — ele disse em voz baixa e firme, com os olhos nos dela. — E não sabia quando estávamos no banheiro. — Ele passou a mão do pulso até seus dedos, enrolou a mão grande em volta deles e acariciou a pele entre o indicador e o polegar. — Percebi isso no final, quando parei. Quando vi isso.

Ela seguiu os olhos dele até sua mão. Não usava joias e não tinha ideia do que ele estava se referindo.

— Minha mão?

— Suas sardas. — Ele passou o polegar sobre três sardas entre o polegar e o indicador.

Saber que o homem por quem estava apaixonada por anos notou algo tão pequeno a fez se sentir especial, embora soubesse que não deveria.

— Você notou minhas sardas? Na minha mão?

— Acontece que tenho uma afinidade com elas.

— Com sardas? — Isso tinha que ser uma provocação. Uma mentira descarada. Algo para diminuir o fato de que ele a levou ao orgasmo na noite passada e prometeu muito mais para esta noite sem revelar sua verdadeira identidade.

— Não. — Ele se inclinou mais perto e deslizou a mão pela nuca dela. Ela derreteu um pouco, apesar de seus pensamentos conflitantes. — *Suas* sardas. Como estas. — Ele passou o polegar logo abaixo e atrás da orelha dela. — Quando você usa o cabelo preso em um coque, eu posso ver.

Tenho sardas ali? Ela morreu e foi para o céu.

Não, isso não era o paraíso. Era o inferno. Ele esteve no bar buscando o mesmo que ela na noite anterior, mas obviamente não foi a primeira vez. Ele segurou sua outra mão e passou os dedos pelo seu braço, provocando um formigamento de calor em seu interior.

Isso é muito, muito bom.

Tocando o dedo na parte de trás do braço dela, ele disse:

— E as quatro que você tem aqui.

Seu olhar era serenamente convincente. Ele não estava mais olhando para ela como se estivesse tentando entendê-la ou colocá-los em sincronia. Isso a confundia, a fazia se sentir mais vulnerável e… *desejada.*

— Mick…? — *O que é isso? O que você está fazendo?* As perguntas ficaram presas sob a incredulidade.

— É por isso que parei. — Ele recuou, deixando-a se sentindo desamparada. — Percebi que era você.

Ele era o homem por quem ela suspirava, seu fruto proibido, e estava fazendo-a se sentir quente e derretida. Não podia se permitir sentir assim. Seu trabalho, sua reputação e sanidade estavam em jogo. Ela precisava manter isso em perspectiva e lembrar por que ele estava lá na noite passada. Mick era bom no jogo em que ela apenas havia se arriscado um pouco. Isso devia ser parte desse jogo para ele, não a revelação de suas verdadeiras emoções que ela estava interpretando erroneamente.

— Mas você teria ido em frente com qualquer outra pessoa — desafiou.

— Assim como você. — Sua voz estava calma, sem julgamentos.

Ela se afastou, a vergonha voltando à tona. *Domine isso. Certo.* Era evidente que não era feita para a vida de sedutora se não conseguia distinguir um homem de outro. Se forçou a encará-lo novamente.

— Parei porque era *você* — ele repetiu. — Eu queria fazer isso direito.

Direito? O que isso significava? Que ele *a* queria e não apenas qualquer mulher? Ou que estava cumprindo uma promessa? Aquela noite deveria ser de sexo anônimo. Dormir com seu chefe não fazia parte do seu plano… e transar para cumprir uma promessa que ele fez quando ela ainda não sabia sua identidade *não* ia acontecer.

— Bem — ela disse, com as costas rígidas. — Isso não é o que eu tinha planejado. Nem de longe.

— O que você planejou, Amanda?

Como poderia admitir a verdade? Para *ele*! Não ajudava que ele já soubesse por que ela estava ali. Qual era a alternativa? Inventar uma desculpa ainda mais esfarrapada? Ela precisava de ajuda.

— Eu preciso ir ao banheiro. — Pegou sua bolsa e se levantou, mas ele segurou sua mão, mantendo seu olhar por um longo e doloroso momento de silêncio. Ela tinha certeza de que ele podia ouvir o sangue correndo em seus ouvidos.

— Não fuja de mim. — O comando severo entrou em conflito com o beijo terno nas costas de sua mão que se seguiu.

Foi preciso toda a sua concentração para chegar ao banheiro feminino sem tropeçar. Ela não tinha ideia de que jogo ele estava jogando agora. Isso era um troco pelo que aconteceu na noite passada? Ele dormiria com ela e depois a demitiria? Era uma questão de controle? Ele queria transar com ela para que toda vez que a visse no escritório ela tivesse uma compreensão ainda melhor de quem estava no comando, na sala de reuniões ou no quarto? Ela empurrou as portas do banheiro feminino e largou a bolsa na pia. Olhou para sua mão trêmula, se perguntando o que todas aquelas coisas sobre suas sardas significavam. Pegou o *Manual* de sua bolsa, folheando freneticamente as páginas até encontrar o que estava procurando.

Manter o controle. Passou rapidamente o capítulo, se sentindo como se estivesse em um programa de televisão prestes a responder à pergunta de dez milhões de dólares. Só que isso não era um programa de televisão, e o prêmio era transar com um homem que ela desejava… *desesperadamente.*

Leu em voz alta para se ouvir por cima de seu coração trovejante.

— Imagine o homem que você deseja conquistar. — *Sem problema.* — Agora, imagine-o nu e amarrado a uma cadeira. — Ela fechou o livro com força. *Mick nu e amarrado a uma cadeira?* Isso não ajudava. Tinha sentido seu pênis impressionante na noite passada, e o pensamento de tê-lo ali…

Ah, caramba.

Como ele estava sentado lá fora tão calmo e no controle quando ela estava desmoronando?

Ela estava tão fora de seu alcance que nem conseguia enxergar o campo. Considerou ligar para Ally. Ela saberia o que fazer. Mas esse era o problema, não era? Sabia que a irmã diria para ela nem mesmo considerar o que quer que estivesse acontecendo lá fora, mas para sair pela porta da frente. Mas, por mais assustada e confusa que estivesse, o coração de Amanda estava preso naquele homem, e não queria virar as costas sem saber se alguma coisa do que ele disse era verdade.

Deu uma olhada em si mesma no espelho. Não, não em si mesma. Em *Lola.* Loiras não se divertiam mais. Aparentemente, loiras se metiam em situações complicadas com seus chefes. Ally estava certa. De novo. Ela odiava isso. *Amanda* costumava ser a irmã *correta*. Ela era uma assistente jurídica habilidosa; não era uma mulher que se escondia ou se acovardava. Não era lamentável. E com certeza ela não ia permitir que seu chefe a visse como tal.

Que se dane tudo isso. Vou assumir essa transformação de uma vez por todas. Tirou a peruca e começou a escovar os cabelos escuros. *Aqui e agora.* Sua coluna de aço se endireitou a cada escovada. *Independentemente das consequências.* Certo, essa parte a abalou, porque as consequências eram altas, e se importava com elas: seu emprego, sua reputação.

Passou os próximos minutos se dando um incentivo, se preparando para encarar Mick nos olhos e admitir o que estava fazendo na noite passada *e* o que tinha planejado para esta noite. Se ele podia transar com uma estranho sem culpa ou arrependimento, ela também podia.

Sentindo ciúmes de uma estranha fictícia, enfiou o livro na bolsa e recomeçou a se dar um incentivo mais uma vez.

Capítulo três

AMANDA AVANÇOU COM confiança pelo bar pouco iluminado, com os olhos escuros fixos em Mick e o queixo erguido com orgulho. Ele achou sua confiança renovada atraente, mas, independentemente do quanto Mick a desejasse com desespero, ele sabia que se permitisse se entregar à mulher notável que se aproximava, mesmo que fosse por uma noite, não terminaria bem para nenhum dos dois. Sua mente voltou ao dia em que se conheceram, quando ela fez a entrevista para o cargo de assistente jurídica. Ela usava um terno azul conservador, blusa branca abotoada até o pescoço com um colar de pérolas delicadas na gola, um par de sapatos de salto baixo e tinha a expressão confiante. Mas seus dedos trêmulos e a forma como se remexia na cadeira denunciavam seu nervosismo. Ela foi ferozmente determinada e graciosa em sua apresentação, uma combinação tentadora de tigresa e gazela.

Ela percorreu um longo caminho desde então, ficando ainda mais inteligente, mais esperta, mas sem endurecer como as outras mulheres. Ficou feliz em ver que ela abandonou a peruca. Amanda não precisava ser outra pessoa. Ela era o suficiente, mais do que suficiente.

Os cabelos escuros e lisos emolduravam o rosto bonito e caíam sobre ombros dela. Ele fantasiou tantas vezes sobre como seria sentir aqueles cabelos tocando seu peito nu, que praticamente podia sentir a sensação deles sobre sua pele agora. Ele se lembrou da sensação das curvas macias se moldando ao seu corpo musculoso na noite passada, dos sons sensuais que ela fez quando se entregou à paixão. O fogo corria em suas veias só de pensar em como esteve tão perto de estar dentro dela.

Uma noite. Precisava de uma noite com ela. Então afastaria essa obsessão e não teriam mais assuntos pendentes. Estava quase convencido disso quando ela se sentou ao seu lado, com os ombros retos, o rosto sério.

— Pedi um *sidecar* para você. — Ele empurrou o copo do coquetel pela mesa, sabendo que não ia embora sem ela ao seu lado.

Por um segundo, os olhos arregalados revelaram surpresa, mas ela escondeu rapidamente essa emoção.

— Obrigada. Como você sabia que eu gosto deles?

— Apenas um palpite. — Ele não gostava de mentir, especialmente para Amanda, mas a verdade o entregaria. Não havia muita coisa sobre ela que não tivesse percebido. Mas foi cuidadoso em manter seus sentimentos sob controle durante as longas noites em que trabalharam juntos depois do expediente, e em todas as horas do dia. — Você está linda. Fico feliz que tenha abandonado a peruca.

Ela assentiu, um leve sorriso curvando os cantos de seus lábios. Um rubor cobriu suas bochechas.

— Você não gosta quando eu me visto de forma sexy — ela disse de forma objetiva. — Então, por favor, não finja o contrário.

— Eu não gosto... — Ele balançou a cabeça, certo de que entendeu errado. — Eu não gosto do quê?

— Por favor, Mick. Não me trate com condescendência — ela disse bruscamente. — Eu entendo. Tenho uma imagem profissional a manter. Mas outras mulheres no escritório usam saltos mais altos e blusas decotadas.

Ele não se importava com o que as outras mulheres do escritório vestiam, desde que se vestissem de maneira profissional o suficiente para manter a imagem da empresa. Mas não queria que a figura impressionante de Amanda fosse exposta para que todos os outros homens admirassem. Deu a ela a impressão completamente errada, mas não queria falar sobre o trabalho. Esse era um assunto problemático, que preferia não pensar, muito menos falar a respeito.

— Não estamos no trabalho — lembrou a ela, esperando desviar a conversa do assunto.

Ela deu um gole, correspondendo de forma impressionante a observação constante dele.

— Você me perguntou o que eu planejei para hoje à noite.

— Verdade. — Ele queria segurar sua mão, dizer que estava tudo bem, que ela podia confiar nele, apesar do fato que deveria estar dizendo exatamente o contrário. Ele ficou intrigado com esse lado mais sombrio dela, e se perguntou se passou três anos pensando que ela era alguém que não era, ou se isso era algo novo.

Ela ergueu um pouco o queixo. Outra pessoa provavelmente teria perdido esse detalhe, mas Mick estava determinado a não perder nada.

— Fui ao bar ontem à noite com a intenção de seduzir um homem. E vim aqui hoje à noite com o mesmo propósito. Não estou envergonhada por isso. Só não sou tão boa nisso ainda.

Caramba. Não era boa nisso? Ela era boa demais. Mas ele se sentia atraído pelas vulnerabilidades dela, que outros homens poderiam não gostar, como a tensão com que ela segurava a taça, o que ele sabia que era para acalmar sua mão trêmula. Ele gostou quando ela usava a voz cheia de admiração ofegante e do jeito que ela perguntou se ele ia transar com ela com um tom que parecia que não tinha certeza se estava usando as palavras certas.

— Eu acho que você é muito boa nisso — falou com honestidade.

Ela semicerrou os olhos e sorriu. Ele conhecia bem esse sorriso. Era o sorriso *você acha que me engana*, que ela usava de forma muito eficaz quando se reuniam com clientes.

— Isso é gentil da sua parte, Mick — ela disse sem a confiança que sua expressão transmitia. — Sei que ainda tenho muito a aprender. — Suas sobrancelhas se franziram novamente. — Mas vou conseguir chegar lá.

A tigresa e a gazela estavam em pleno jogo. Ela poderia ser ainda mais adorável? Chegar *lá*? Ele deu um longo gole na bebida, sua segunda, tendo tomado o primeiro drinque quando ela estava no banheiro.

— Com quem? Com algum cafajeste que vai se aproveitar de você? — Seus instintos protetores surgiram. Nos últimos meses, estava tendo dificuldade em contê-los quando se tratava de Amanda. Na verdade, percebeu, estava tendo dificuldade desde que ela começou a trabalhar no escritório.

— Não — ela se sentou um pouco mais ereta. — *Eu* vou me aproveitar *deles*.

Só se fosse por cima do seu cadáver.

— Por quê?

Ela inclinou a cabeça.

— Me diga você. Por que você faz isso?

Caramba, ele a ensinou bem, não? Mick não podia contar a verdade – porque ele não queria ter um relacionamento. Porque o amor não era real. Porque nada durava para sempre e não ia abrir para esse tipo de dor. Porque merdas que ele não podia controlar aconteciam e, em algum momento, a vida o transformaria em um mentiroso. Então ele optou por dizer uma parte da verdade.

— Intriga. Excitação. Sem complicações.

Ela assentiu.

— Eu também.

— Então você já fez isso antes? — Ela era atraente, inteligente, e teve muitos encontros, mas a ideia de ela se envolver com um cara qualquer fazia sua pele se arrepiar. Graças a Deus ele estava lá ontem à noite.

— Bem, não, mas...

Ele soltou um suspiro que não percebeu que estava segurando e lutou para controlar suas emoções.

— Por quê, Amanda? Por que quer seduzir um estranho? E não repita as minhas respostas, porque nós dois sabemos que é uma desculpa esfarrapada.

Ela passou o dedo pela borda da mesa com nervosismo e seu rosto suavizou.

— Você sai em muitos encontros — ele lembrou. — Com caras respeitáveis. Advogados. Homens de negócios.

Seus olhos encontraram os dela novamente, grandes e redondos e inocentes.

— Você é linda e inteligente. Poderia ter qualquer número de homens. Você não precisa se rebaixar a isso.

— Me rebaixar? Foi isso que você fez ontem à noite? Se rebaixou?

— Não. Sim. Não sei. — Ele terminou a bebida, desejando ter tomado algumas dúzias a mais. — Não com você, mas quando me envolvo com mulheres aleatórias? Sim, acho que estou me rebaixando. Estou preenchendo um vazio. Você não vê? Eu não faço isso com frequência. Foi uma semana especialmente difícil para mim, e ontem à noite foi minha tentativa de esquecer.

— Esquecer? — Sua voz se encheu de curiosidade e compaixão.

Ela era bondosa demais para tirar conclusões precipitadas. Se tivesse contado a qualquer outra mulher que queria transar para *esquecer*, elas teriam assumido que ele queria esquecer outra mulher. O cérebro de Amanda não funcionava com as mesmas inseguranças. Ou, pelo menos, era o que ele pensava antes de ontem à noite. Sua necessidade de seduzir um estranho devia ser fruto de insegurança, não é? Até onde ele sabia, ela não tinha um passado turbulento.

Precisava manter a cabeça clara, e trazer à tona a razão de sua semana tumultuada só pioraria as coisas, então tentou trazer a conversa de volta aos trilhos.

— Isso não é sobre mim. É sobre você.

— Tudo bem — ela disse em tom ríspido. — Quer saber a verdade?

Ele ergueu uma sobrancelha. Ela sabia que ele lidava com verdades, exceto pela mentirinha sobre a bebida.

— Não consigo acreditar que esteja considerando dizer isso — ela disse baixinho.

Ela sorriu e ficou feliz em ver seu sorriso genuíno e fácil. O sorriso que não exigia esforço, ao contrário de tudo mais que ela fez hoje à noite.

— Sou um ímã de homens chatos. Os caras que atraio podem até ser homens de negócios, mas são mais chatos que concreto. Só estou tentando mudar as coisas. Encontrar minha sensualidade interior. Aprender a flertar e seduzir como as outras mulheres. Aprender como atrair homens mais ousados com personalidades melhores e…

— E?

— E… meu Deus, Mick. Você é o *meu chefe*. Não precisa saber de tudo isso.

Ele se mexeu na cadeira, guiando seus joelhos entre os dele, e colocou as mãos em suas coxas, observando-a com atenção. Ela arregalou os olhos. O pulso na base de seu pescoço acelerou, o que o agradou muito.

— Ontem à noite, eu estava com três dedos dentro de você. Te fiz gozar duas vezes. Não preciso saber, Amanda. Eu *quero* saber.

Antes que ela pudesse responder, ele baixou a voz e passou os dedos pelas pontas de seu cabelo, logo acima do peito, desfrutando da aceleração de sua respiração.

— O que você está procurando? Uma aventura sexual anônima? Uma transa intensa para te tirar da sua casca conservadora?

Ele moveu a mão para a base de seu pescoço e passou o dedo pela depressão no centro de sua clavícula. Ela respirou fundo.

— Eu, particularmente, me sinto muito atraído pela sua casca conservadora, mas se quer alguém para te tirar dela, venha para minha casa esta noite. — Ele fez uma pausa, deixando suas palavras serem absorvidas e lembrando a si mesmo com relutância que apenas uma noite era tudo o que poderia ter. *Uma. Noite.* — Vou te dar a transa da sua vida, com um homem que você conhece e confia. Vou te manter segura, você vai ter o que deseja, e ninguém nunca vai saber.

— Não posso. Você é meu… Mick? — Ela estava tremendo novamente, o tipo bom de tremor.

— Hoje à noite, não sou seu chefe, Amanda. Hoje à noite, sou um estranho. — Ele passou a mão sobre a parte superior de sua coxa, roçando as pontas dos dedos ao lado de seu sexo. — Uma noite de prazer. Uma fantasia. Sem amarras. Sem arrependimentos. — Ele roçou os lábios nos dela e deu um beijo no canto de sua boca. — Apenas uma noite, e nunca mais falaremos sobre isso.

AMANDA DEVIA TER enlouquecido. Era a única explicação razoável para estar entrando no apartamento de Mick, permitir que ele tirasse a bolsa do seu ombro e dar um beijo na base de seu pescoço. E em sua clavícula. E em seu queixo. Em algum momento, ela fechou os olhos, porque quando ele parou de beijá-la, ela os abriu e o encontrou olhando para ela com aquele olhar novamente. Aquele que a fazia se sentir desejada e sexy, apesar do nervosismo.

Ele curvou os lábios em um sorriso pecaminoso que fez seu coração acelerar, e colocou a mão na parte inferior de suas costas, conduzindo-a mais para dentro de seu espaçoso apartamento.

Rumo à nossa noite de devassidão.

Ah, caramba.

Suas botas quebraram o silêncio, batendo em um ritmo lento no piso de madeira. A luz da lua entrava por duas enormes janelas redondas na parede oposta, enchendo o ambiente com um tom azulado erótico. Uma ilha grande separava a cozinha da sala de estar, e duas colunas emolduravam um elevador de vidro ao lado de uma escada aberta. *Um elevador?* Seu apartamento inteiro caberia em um quarto do primeiro andar do dele.

— Seu apartamento é lindo.

— Você é linda; ele *é* funcional — ele disse em tom casual, levando-a até um bar totalmente abastecido ao lado de uma das janelas redondas.

A cabeça dela estava girando. Ele era bom mesmo nisso. Tão bom que poderia precisar beber uma garrafa inteira de bebida apenas para esquecer como ela empalidecia em comparação.

— Funcional? — ela disse nervosamente. — Mick, tem um elevador.

Ele serviu uma bebida para cada um.

— Faremos bom uso desse elevador. — Ele se aproximou, seus corpos se tocando dos quadris aos joelhos. — E do quarto, e o ninho dos corvos.

O corpo dela ardia de antecipação. *Ninho dos corvos?* Era uma posição *kinky* que não conhecia?

— E o banheiro — ele prometeu em voz baixa, puxando-a com firmeza contra si.

Ela ouviu o som de um gemido e percebeu que veio *dela*.

Ele deu um beijo ao lado de sua orelha e sussurrou:

— E a escada.

Mick mergulhou o dedo na bebida e o passou em seu lábio inferior, depois seguiu com a língua. Seus joelhos enfraqueceram e ela se segurou nele para se manter de pé. Ainda estava tentando imaginar o que fariam na escada e ele já estava seis passos à frente.

— Devo continuar?

— Mick. Eu... sou totalmente fora do seu nível — ela admitiu com pesar.

Ele colocou a bebida de lado e passou os braços em volta da cintura dela.

— Você está aqui. Você *é* do meu nível.

— Mas todas aquelas coisas que você disse. Eu não... não

fiz… como eu posso dizer isso sem parecer uma perdedora? Ainda estou aprendendo. Eu nem consigo imaginar o que faríamos na escada.

Ele passou um dedo por sua bochecha, abaixo do lábio inferior, e segurou seu queixo entre o indicador e o polegar. *Me beije. Por favor, me beije.* Ele passou um dedo sobre o lábio inferior dela, empurrando-o o suficiente para entrar em sua boca e tocar a língua com a ponta. O movimento lento e preciso a deixou úmida.

— Você quer isso, Amanda. — Ele desceu a outra mão até sua bunda e a apertou.

Sim.

— Vou te mostrar tudo que você quiser saber. — Ele pressionou a bochecha contra a dela, lembrando-a da barba negra como a noite que ele estava usando na noite passada.

— Sua barba — escapou antes que ela pudesse impedir. — Você não se barbeou ontem à noite. Você sempre se barbeia. Essa foi outra razão pela qual não te reconheci. Sua barba estava espessa, como se você não se barbeasse há dias.

— Não me barbeei. Mas fiz isso hoje de manhã. Para o nosso encontro. — Ele tocou os lábios no arranhão acima do lábio superior dela. — Ela cresce rápido. Posso me barbear de novo se estiver muito áspera para você.

— Não — ela repetiu. — Eu gosto. Só não te reconheci com ela *e* com a máscara.

— Então ela fica.

Sua voz era melhor que chocolate cremoso, que uma tarde de verão, melhor que… *qualquer coisa.* Ele desceu a boca até o pescoço dela, distribuindo beijos de um ombro ao outro. Cada beijo provocava uma pulsação de prazer. Ela fechou os olhos e inclinou a cabeça para trás, dando melhor acesso e esperando que ele não parasse esse delicioso e estimulante despertar de seus sentidos. Ele roçou os dentes no queixo dela e mordiscou o caminho até a nuca, onde permaneceu, distribuindo beijo após beijo delicioso. Ela sonhou com esse momento, mas nada se comparava à sensação das mãos fortes ao seu redor, seu corpo duro – e estava *duro* – contra o dela, ou a boca gloriosa proporcionando e recebendo prazer na mesma medida.

— Essas sardas. Eu amo essas sardas. — Ele deu outro beijo nas que ficavam abaixo de sua orelha e emoldurou seu rosto com as mãos. — Abra os olhos.

A ordem dele era tão emocionante quanto seu toque, e o olhar sombrio em seus olhos alimentava o fogo que ardia dentro dela.

— Quando você prende seu cabelo, quero te curvar sobre a minha mesa e te tomar por trás, só para poder ver essas marquinhas doces que pertencem somente a você.

— Uau. — A exclamação cheia de admiração escapou de seus lábios sem ser convidada, e ela fechou a boca. — Desculpe. Não era minha intenção dizer isso. Eu só... — *Realmente quero que você faça isso*. Caramba, estava perdendo o controle. — Você é realmente bom nisso.

Ele semicerrou os olhos.

— *Nisso?*

Me fazer me apaixonar por você. Uma noite era tudo que isso sempre seria. Precisava se lembrar disso e garantir que ele soubesse que entendia. Ela se lembraria dessa noite pelo resto de sua vida, a menos que estragasse tudo e ele a mandasse embora, o que tinha a sensação de estar prestes a fazer.

— Sedução — ela explicou. — Você sabe, todo o jogo. É isso que eu preciso aprender.

— Puta merda — ele murmurou, confundindo-a novamente. — Certo. O jogo. Bem, não use essa frase, porque era só para você.

— A coisa das sardas? — Deus, ela adorava a coisa das sardas, mas com certeza ele não quis dizer isso do jeito que ela entendeu, como se ele estivesse falando *sério*. — Eu sei. Obrigada.

Ele tocou o rosto dela novamente, e seu olhar elétrico enviou ondas que percorreram até as pontas dos dedos dos pés. Ficaria feliz em ficar ali, nos braços dele, fazendo nada além de contemplar seus olhos fascinantes. Nada jamais se compararia a este momento magnífico em que ela de alguma forma teve sorte... e secretamente, transformou em algo mais do que deveria.

Ele entrelaçou seus dedos ao lado dela e os levou para trás, enquanto avançava, prendendo-a entre o balcão e seu corpo forte. Seus olhos ficaram subitamente sérios, mais escuros, penetrantes, acariciando-a por dentro. Como ele fazia isso?

— Se eu fizer algo que você não goste ou que te deixe desconfortável, me diga para parar.

A antecipação roubou-lhe a voz. Ela assentiu com a cabeça e balbuciou:

— Tudo bem.

— Confia em mim?

— Sim — ela sussurrou ela. *Sempre confiei.*

— Ótimo. Eu nunca te machucaria. — Ele pressionou os lábios nos dela. — Devemos falar sobre coisas importantes desde o início, para evitar problemas depois. — Ele a beijou novamente. — Preservativos, sempre use.

Oh, Deus. Mais conversa embaraçosa?

— Sim, mas também tomo pílula.

— Ótimo — ele disse de forma mais severa. — Não dá para

confiar nos caras quando se trata de sexo. — O músculo de sua mandíbula se contraiu, como se ele odiasse dizer isso a ela.

— Mas você acabou de perguntar se eu confiava em você. Foi uma pergunta capciosa?

Ele emitiu um gemido sexy que vibrou de seu peito para o dela.

— Quando você me diz as coisas desse jeito…

Ah, não! Ela já estava estragando tudo?

— Que jeito?

— Com olhos arregalados e aquela voz sexy e inocente. Isso me mata. Isso me faz querer parar de falar e te levar para o andar de cima.

— Isso não é uma coisa boa? — Ela sorriu, orgulhosa de si mesma por fazer algo certo naturalmente, sem precisar se esforçar.

— Caramba, Amanda.

Ah, nossa, o olhar nos olhos dele era torturado e sexy ao mesmo tempo. Isso era novo. Isso, ela adorava.

— É muito boa. Mas isso é sério. Você pode confiar em mim. Você me conhece. Nunca vou mentir para você. Mas outros caras? Eles querem transar, e é um saco usar camisinha, então vão dizer que sempre usaram só para te fazer dizer que toma a pílula e deixar de usá-la.

Seu tom era cuidadoso, firme e dolorido ao mesmo tempo, e isso a tocou profundamente.

— Eles querem transar com você, te sentir e te esquecer — ele disse com frieza.

Suas palavras machucaram, mas ela sabia que ele não as disse com essa intenção.

Ele passou o dorso dos dedos por sua bochecha, e seu tom se suavizou.

— Mas você não pode se colocar em risco assim.

— Eu sei sobre doenças. Não sou criança.

— Eu sei. Mas isso não é só um jogo, Amanda. Você pode se machucar de muitas maneiras. Preciso ter certeza de que você sabe no que está se metendo.

Ela não esperava que ele fizesse mais do que lhe dar uma noite de sexo quente, mas provavelmente deveria ter imaginado que ele seria cuidadoso, que se certificaria de que ela entendesse as regras. Porque quando começou a trabalhar com ele, ele passou várias noites longas revisando de forma minuciosa coisas que ele disse que outros advogados e assistentes jurídicos negligenciavam, para garantir que ela fosse tão cuidadosa quanto ele.

— Obrigada por se importar o suficiente para querer que eu esteja protegida.

— Baby, se algo acontecesse com você, eu teria que sair e encontrar uma nova assistente jurídica.

Baby. Seu coração apertou mesmo que ele estivesse brincando. Ela se lembrou de manter as coisas leves e ficou nas pontas dos pés, dando um beijo no centro do queixo dele.

— Tão romântico.

Ele semicerrou os olhos e envolveu uma mão ao redor dos pulsos dela, segurando-os atrás das suas costas e beijando o centro do osso do esterno.

— Isso dói?

— Não. — Ela fechou os olhos, se deleitando com sua força e ternura enquanto ele beijava a parte superior de seu seio direito.

— Lição número dois. — Ele passou a língua em seu decote, depois soprou na pele úmida, causando arrepios. — Não há lugar para romance em casos de encontros casuais.

— Nunca? — Isso a surpreendeu. Um encontro casual também não poderia ser romântico?

Ele usou a outra mão para puxar o zíper de seu vestido e o afastou de um ombro, dando um beijo na pele exposta.

— Se um cara fica romântico, vocês não estão tendo apenas um encontro casual. Fim da história.

Usando os dentes, ele empurrou o vestido do outro ombro. O tecido sedoso ficou preso logo acima dos cotovelos e abaixo dos seios, revelando o sutiã meia taça de renda preta. Ela estava respirando com tanta dificuldade que meio esperava que ele dissesse para ela se acalmar.

— Tão linda — ele disse, com os olhos fixos em seus seios. Passou o dedo bem acima do sutiã com um toque suave, provocando arrepios. — Eu tenho uma queda por renda preta.

Ele abaixou a cabeça, dando lambidas quentes e beijos longos, no mesmo caminho. Seus mamilos endureceram, e ela arqueou contra sua boca, desejando tocá-lo. Lutou para soltar as mãos, mas ele a manteve cativa, cada toque entorpecente roubando mais de suas células cerebrais. Ela fechou os olhos e gemeu quando ele selou a boca sobre seu mamilo, sugando e acariciando através da renda.

Ela sentiu um gemido surgir e nem mesmo tentou resistir.

— Adoro os sons que você faz, o seu gosto — ele sussurrou, antes de se mover para o outro seio e dar a mesma atenção fascinante.

Ela disse a si mesma que o que ele dizia não deveria parecer romântico, mas parecia mentira. Ele soltou seus pulsos, e o vestido caiu no chão, deixando-a nua, exceto pelo sutiã e as botas de salto. Ela fechou os olhos diante de uma onda de constrangimento.

Seus lábios tocaram os dela de leve em um beijo provocante.

— Abra os olhos. — Sua voz transmitiu o comando baixinho no ouvido dela, atraindo-a de maneira sedutora.

Ela abriu os olhos, e os lábios dele se curvaram em um sorriso satisfeito.

— Lição número três. Observe. Sempre observe. — A paixão ardia em seu olhar enquanto ele colocava a mão entre suas pernas, envolvendo seu sexo. — Completamente depilada. Tão sexy.

Ele não se moveu, mas as palavras obscenas e o toque provocante de seus dedos contra sua pele úmida fizeram seu sexo se contrair.

Os olhos dele escureceram.

— Tão pronta para mim, baby. Gosto de você necessitada. Mal posso esperar para sentir você apertar meu pau. — Ela sentiu o corpo todo corar. Mick pressionou os lábios contra sua bochecha e disse: — Não fique envergonhada. É para isso que você está aqui.

Ela não respondeu. Não podia. Mal conseguia respirar. Seus pensamentos sobre aprender a seduzir diminuíam à medida que ele penetrava um dedo entre seus lábios molhados, acariciando-a lentamente e de forma tão leve. Ela gemeu e se moveu, instigando o dedo a entrar, mas ele resistiu, provocando-a, zombando dela com seu dedo grosso até que suas pernas ficaram dormentes. Seu cérebro repetia um mesmo pensamento repetidamente: *Mais. Mais.* Talvez até tivesse dito as palavras; não tinha certeza, não conseguia pensar. Segurou os braços dele na tentativa de se manter em pé. O polegar dele fazia círculos sobre os nervos mais sensíveis, enviando ondas de calor por cada perna adormecida até as solas dos pés.

Ele baixou a boca para a dela, roçando os lábios.

— Sua boceta está tão molhada. Tão doce. Hoje à noite

você vai gozar na minha boca.

A malícia de suas palavras trouxe outro lampejo de calor e um gemido baixo, que soava carnal e sombrio. Nunca percebeu que palavras obscenas poderiam ter um efeito tão poderoso ou serem tão viciantes. Ela queria mais. Queria tudo.

Ele a beijou com avidez, rude e delicado ao mesmo tempo. A língua dele invadia e explorava sua boca, enquanto os dedos a tocavam em seu próprio ritmo lento, conduzindo-a cada vez mais ao auge. Ela se arqueou contra a mão dele, querendo mais, precisando de mais. Mas ele tinha seus próprios planos e diminuiu a velocidade do beijo, tornando-o sensual, lânguido, prolongando a deliciosa tortura.

— Eu poderia te beijar a noite toda. — A respiração dele era quente contra sua pele.

Isso é romântico. Não é? Eles obviamente tinham visões muito diferentes de romance. Ou então seu cérebro estava tão confuso que não conseguia processar nada. Não fazia ideia de como ele conseguia falar. Todo o seu ser era calor líquido. Isso não parecia importar, porque ele a levou a outro beijo perfeito que enviou faíscas diretamente para o seu âmago. Ela gemeu alto e com necessidade, e não se importava, porque o toque dele, a boca, a voz, eram pura felicidade. Ele abriu seu sutiã, liberando seus seios, e chupou o mamilo com força.

— Ah, nossa, Mick...

Ele emitiu um som masculino e primitivo de gratificação, cheio de luxúria, que a levou ainda mais perto do limite. Ele chupou com mais força, até o ponto da dor. Ela fechou os olhos enquanto a intensidade a atravessava onde ela mais precisava. Finalmente, ele a penetrou, e ela não conseguiu conter os sons de prazer que escapavam de seus lábios. Ele sugou seu seio e a penetrou com a mão, acariciando o mesmo ponto glorioso repetidas vezes. Um orgasmo se avolumou profundamente dentro dela, construindo, pulsando, clamando por liberação, roubando sua visão. Ela cravou os dedos na cintura dele, nos braços, onde conseguia encontrar apoio, enquanto seu corpo lutava para atingir o ápice, se contorcendo e estremecendo em uma doce angústia.

— Não pare. Por favor, não pare. — Ela nunca sentiu tanto prazer imenso. Ele irradiava pelo seu centro, se expandindo para fora conforme o clímax envolvia seu âmago, queimando, doendo, formigando, até envolver cada centímetro seu, e ela gritou novamente.

— Meu nome, baby. Quero ouvi-lo.

O comando ríspido intensificou seu prazer.

— Sim. Mick...

A boca dele se chocou contra a dela, urgente e exigente, enquanto ela se entregava ao ápice, se esfregando em sua mão, arqueando todas as partes do corpo. Desejando mais, mais, mais. Ele estava ali com ela, sabendo exatamente do que ela precisava. Seus dedos diminuíram a velocidade, se movendo, acariciando o clitóris com precisão letal, levando-a até o ápice novamente. Ela afastou a boca, querendo lhe dar o que ele pediu.

— Mick... — Seu nome tinha o sabor do paraíso e do pecado enquanto ela se entregava aos prazeres excitantes.

Ele sugou sua língua, imitando o ritmo de seus dedos. O erotismo disso fez seu corpo estremecer de novo, absorvendo e tomando tudo o que ele tinha para dar. Ela permaneceu em um estado elevado que pareceu durar uma eternidade, mas na realidade provavelmente foram apenas minutos. À medida que seu clímax diminuía, ele a beijou com mais ternura, ficando com ela até o último pulsar. Ele a envolveu em seus braços. Ela se sentia entorpecida e sem forças, e segura, tão abençoadamente segura, contra seu peito musculoso.

Ele deu um beijo em sua testa.

— Estou aqui, baby.

Aninhada em seus braços, ela soube que nunca mais seria capaz de *olhar* em seus olhos novamente. Nada jamais seria mais o mesmo. Nada jamais seria suficiente.

Capítulo quatro

AMANDA PISCOU PARA Mick, com uma combinação de inocência e sensualidade que apertou o peito dele. Um doce sorriso curvou seus lábios inchados.

Ele a beijou com muita intensidade e, embora não devesse admitir, aquilo o machucou. Seria mais cuidadoso com ela, ou pelo menos tentaria. Mick não era do tipo que diz *estou aqui, baby*. Ele era do tipo que se *levanta e vai embora antes do amanhecer*. Nunca se permitiu se importar com uma mulher antes, mas se importava com Amanda há quase três anos. Ela era inteligente, bonita, confiante e gentil. Merecia um relacionamento real com um homem que não conhecesse as duras realidades que a vida apresenta. Mas a ideia de qualquer outro homem tocar nela acendia o fogo em suas veias, despertando emoções perigosas. Emoções que ele lutou para sufocar quando a alertou sobre o que tomar cuidado com outros homens. Mas ele precisava fazer isso, porque, por mais que desejasse reivindicar Amanda como sua, sabia que não podia. E isso estava acabando com ele.

Ela suspirou, e cobriu os lábios dela com os seus, saboreando-a.

Estava muito bem antes da noite passada. Por anos, ele enterrou seus sentimentos sob o desejo, empurrando-os ainda mais fundo a cada conexão sem vínculos. Mas bastaram algumas horas com Amanda para abalar suas muralhas cuidadosamente construídas. Agora, ele lutava para recolocar as coisas nos compartimentos intocáveis onde elas pertenciam. Era uma tortura tentar empurrá-las de volta para o abismo frio, mas tinha que fazê-lo. Ele já havia quebrado uma de suas regras fundamentais de misturar trabalho com prazer. Na verdade, quebrou duas. Ele não levava mulheres para seu apartamento e, ainda assim, lá estava ela, em seus braços. Sua pele estava corada e quente, cintilando com o brilho de uma amante satisfeita, e eles acabaram de começar. Ele a prometeu uma noite de sexo incrível, e era exatamente isso que pretendia dar a ela. Uma noite para saciar anos de desejo. Uma noite incrível que nunca esqueceriam.

Estava na hora de trazer sua mente de volta ao lugar certo. *No jogo.*

Ele ergueu Amanda no balcão, colocando a mãos na borda arredondada da madeira brilhante. Ficou entre as pernas dela. Sua expressão era serena, fazendo-o querer puxá-la de volta para seus braços. *Mas isso não aconteceria.* Não se tivesse alguma chance de manter a perspectiva. Afastou suas pernas, talvez com um pouco de rudeza, mas isso era tanto para o bem dele quanto para o dela, que inspirou com força, com os olhos arregalados.

— Acorde, baby — ele ordenou, sem deixar espaço para contemplação. — Está na hora de alimentar seu homem. — Ele a puxou para a beirada do balcão, se arrependendo de suas escolhas de palavras. *Baby? Seu homem?* Precisava se controlar.

E se controlou. Em sua bunda, enquanto abaixava a boca entre suas pernas e provava seu desejo, passando a língua lentamente pela abertura de seu sexo brilhante. Ela gemeu, e o som doce e sexy enviou um raio para sua virilha, provocando uma pulsante queixa de seu pau. Seu pau queria entrar no jogo, mas teria que esperar. Suas emoções ainda estavam muito à flor da pele. Se ele se enterrasse dentro dela agora, não teria esperança de conter as emoções que ainda agarravam seu coração. Passou a língua em seu centro novamente, adorando a maneira como ela balançava os quadris. Sabia o que ela queria, mas não tinha pressa. Uma noite era tudo o que teria, e pretendia aproveitar. Ele beijou a pele lisinha e depilada, se movendo sobre e ao redor de seu entrada. O aroma intoxicante de seu desejo era embriagador, assim como os pedidos que saíam de seus lábios, *Mais! Mick! Por favor!*, mas provocar era metade da diversão, e a sensação dos músculos dela se contraindo contra sua língua era incrível pra caramba.

Ela agarrou sua cabeça, tentando direcioná-lo.

— Por favor — implorou.

Isso mesmo, baby. Peça por isso. Com as mãos debaixo de sua bunda, ele a ergueu, fazendo-a se sentar na beirada do balcão, e desenroscou seus dedos da madeira. Guiou suas mãos para trás dela, de modo que ela apoiasse as palmas, e ficasse com as pernas abertas. *Puta merda, perfeito.* Prazer e desejo cintilaram em seus olhos, lutando pela atenção. Ele apoiou suas grandes mãos sobre as coxas trêmulas e as abriu bem. Três sardas formavam uma linha reta na coxa direita superior. Seu cérebro distorcido queria ver aquelas marcas bonitas como um sinal de que estavam destinados a ficar juntos, mas isso era coisa de mulher. *E totalmente perturbador.* Afastou esse pensamento, substituindo-o pela única coisa que o ajudaria a manter a distância: ganância.

Amanda ofegava de antecipação. Seu sexo se contraía e brilhava para ele.

— Mick — ela implorou.

— Sente a necessidade correndo pelo seu corpo? Isso é por *minha causa*, Amanda. Quando você estiver com algum outro cara — seu estômago se torceu e queimou —, você vai pensar nesse momento. Vai pensar em mim. Vai *desejar* que fosse eu.

— Ele a segurou ali, exposta para ele, absorvendo a parte *por minha causa*, permitindo que se gravasse em seu cérebro.

— Não diga isso sobre algum outro cara. — Seus olhos se encheram de tristeza, quase o derrubando, mas ela precisava ouvir. *Ele* precisava dizer.

— Uma noite, Amanda. É só isso. É tudo que pode ser. Nunca mais será mencionado. — Ele cerrou os dentes contra a raiva que isso trouxe. — Ainda está comigo?

Ela inspirou uma respiração trêmula, afastando a tristeza em seus olhos com determinação. Ver aquela determinação mexia com a cabeça dele.

— Sim — ela disse com um olhar firme.

Ele deu um beijo terno nas marcas de sua coxa interna, em seguida, aumentou o aperto em suas pernas e cedeu ao inferno que queimava dentro dele. Ele a devorou, lambendo, sugando e estocando-a com a língua até que ela se contorcesse, se tornando excitada demais, perdida em súplicas e gemidos. Ele chupou o clitóris inchado, roçou os dentes sobre a carne sensível e penetrou dois dedos em seu calor apertado. Acariciando e sugando até que seus quadris se erguessem do balcão e ela gritasse seu nome. Ele retirou os dedos no meio do orgasmo, substituindo-os por sua boca, e moveu o dedo para seu ânus, brincando com sua entrada mais apertado e mantendo-a no auge. Ela gemeu e se arqueou, empurrando contra seu dedo.

— Não pare — ela implorou.

Ele pretendia apenas provocá-la, mas a atração de levá-la a todos os lugares era demais, e ele empurrou o dedo além do apertado anel de músculos.

— Ah, caramba, Mick! — Ela inclinou a cabeça para trás

com outro grito.

Seu ânus estava apertado e sua boceta, encharcada, os dois se contraindo a cada movimento interno. Ele usou a outra mão para desabotoar a calça e rapidamente a tirou. Enquanto devorava seu centro e a penetrava com o dedo no ânus, segurou a base de seu pau, lutando contra a vontade de se enterrar até as bolas, e a apertou para retardar seu orgasmo. Ela gritou seu nome na sala escura, seu corpo estremeceu em movimentos rápidos. Ele ficou com ela, estocando e penetrando, chupando e acariciando, até que ela caiu sem forças no balcão, ofegante. Uma fantasia se tornando realidade.

Foi preciso tudo o que Mick tinha para resistir à vontade de abraçá-la, de confessar as emoções que ela despertou. Ele se moveu ao redor do balcão, com os olhos na pia enquanto lavava as mãos, se forçando a recuperar um pouco de distância emocional. Ele tirou a camisa e a jogou de lado. Estava na hora do contato pele a pele.

ENQUANTO AMANDA DESCIA das nuvens, a dor do que Mick disse sobre outros caras voltou à tona. Ele soou insensível e frio, mas o que estavam fazendo parecia íntimo, como se fosse mais do que apenas sexo. Ela sabia que eram seus sentimentos não correspondidos tomando conta, e precisava parar de permitir que isso acontecesse.

Deveria estar praticando técnicas de sedução, mas cada toque dele transformava sua mente em mingau, tornando difícil pensar em fazer qualquer coisa além de se entregar a ele e desfrutar dos prazeres que ele despertava com habilidade. Ela nunca se abriu para nenhum homem da maneira como estava fazendo com Mick, e algo lhe dizia que nunca mais o faria. Mas era exatamente esse tipo de pensamento que precisava parar. Ela se levantou, determinada a não se tornar como o harém de clientes femininas que se agarravam à atenção dele. Essa era sua única noite com o homem dos seus sonhos e, droga, não ia estragar isso. *Chega de emoções.*

Ele contornou o balcão, revelando seu glorioso – *Nu? Quando isso aconteceu?* – corpo em plena vista. Sua boca ficou seca. Ela apertou a mandíbula com força e, de forma embaraço-sa, ficou olhando. Os olhos dele brilhavam como rochas vulcânicas. Os lábios se curvaram em um sorriso malicioso que lhe dizia que ele ainda não terminou com ela. Seus bíceps lindamente esculpidos se destacavam enquanto ele a levantava do balcão e colocava seus pés no chão, observando-a com atenção. Ela deveria estar seduzindo-o, aprendendo, experimen-tando as técnicas que estudou. Seus olhos se moveram sobre o peito bronzeado e musculoso, e seus ombros largos e poderosos. Desceram mais para o abdômen perfeitamente esculpido que levavam a – *olá* – o pênis mais perfeito que já viu. Não que tenha visto muitos, mas era liso e grosso, alcançando além do seu umbigo, tão tentador que ela estava salivando.

Deu um passo mais perto com as pernas trêmulas. Seus olhos pareciam lasers enquanto ela tocava seu peito com a ponta dos dedos e deu um beijo em seu mamilo. Ele fez um som profundo e apreciativo, incentivando-a. Ela fez de novo, e seu pau saltou contra a pele dela. Empoderada por sua resposta, Amanda beijou o outro mamilo e passou a língua sobre o pico endurecido, ganhando mais um movimento animado de seu membro. Isso era tudo o que ela precisava para se render à sedução e permitir que sua boca tomasse conta. Beijou seus peitorais, entre, embaixo e sobre eles, sua mente girando com desejo. Cada beijo, cada gemido que ele soltava a deixava mais molhada e confiante. Mick estava ofegante, mas suas mãos permaneciam ao lado do corpo, e ele abria e fechava os dedos como se estivesse ansioso para tocá-la. Ela não precisava olhar para sentir o olhar ardente dele.

Observar. Sempre observar. Uma emoção veio com a lembrança de suas palavras.

Ela trilhou um caminho pelo centro de seu abdômen, deixando a mão deslizar entre as pernas e acariciar suas bolas.

— Puta merda — ele sibilou.

Ela o soltou e olhou para cima.

— Muito forte?

Ele guiou a mão dela de volta para seu saco.

— Não, baby, apenas inesperado.

Baby. Seu coração apertou, e ela se lembrou de que era algo o que ele dizia no calor da paixão. Provavelmente chamava todas as mulheres de *baby*. Fechou os olhos contra a onda de tristeza e se concentrou na sensação do corpo duro contra seus lábios, o saco pesado em suas mãos e na intensidade da respiração dele. Ela moveu a outra mão sobre a coxa musculosa e em volta do quadril, para segurar bunda. Mick moveu os quadris para frente, e gemeu de novo. Um sorriso se formou nos lábios de Amanda. Ela beijou o plano rígido da carne entre seus quadris. O pau bateu em seu peito, duro, quente e tentador. Ele segurou seus cabelos, e ela encontrou o olhar faminto dele. Engoliu o medo que a deixava nervosa e se inclinou mais. Ela tinha um metro e sessenta e sete, e ele tinha mais de um e oitenta, o que significava que Amanda ficaria em um ângulo estranho se quisesse prová-lo. Olhou para as escadas e, sem dizer uma palavra, porque sabia que estava muito além de conseguir falar, segurou a mão dele e o guiou até lá. Ele se sentou, com os joelhos abertos e um sorriso lascivo nos lábios.

Ela se ajoelhou dois degraus abaixo dele e passou as mãos por suas coxas. Não havia um pingo de gordura nele, e seu pau perfeito estava ereto, aguardando o próximo movimento dela. Deveria ser ilegal parecer tão pecaminoso assim. E ela provavelmente deveria se preocupar com seu corpo, que não era nem perto de ser perfeito, ou com o que estava prestes a fazer, mas a forma como ele a olhava a fazia acreditar que era tão sexy quanto ele e afastava suas preocupações. Ele segurou os cabelos dela, como fez antes, observando enquanto ela abaixava a boca. Assim que ela colocou os lábios em volta da cabeça larga, ele a puxou para cima.

— Ai! — *O que houve?*

— Desculpe. — Ele acariciou seu couro cabeludo, com os olhos cheios de arrependimento e algo mais. Antes que ela pudesse decifrar, ele puxou seu rosto para o dele e a beijou profundamente. Ele tinha o gosto dela, e ela queria desesperadamente provar o dele. Quando seus lábios se afastaram, ele a segurou tão perto que Amanda sentiu o cheiro de desejo em seu hálito.

— Escute aqui — ele soou irritado, mas seus olhos diziam que ele mudou para o modo protetor novamente. — Estou saudável, mas outros caras…

Ela franziu a testa confusa.

— Nada de sexo oral? Mas…

— É arriscado. Você precisa saber disso.

— Mas você acabou de colocar sua boca em mim.

— Você disse que só fez sexo com proteção. Os caras mentem, baby.

O termo carinhoso suavizou seu aviso.

— Você está *mentindo*? Sobre estar saudável?

— Não. Eu disse que nunca mentiria para você. — Ele rangeu os dentes novamente, então tocou a testa na dela e fechou os olhos. Foi a coisa mais comovente que ele poderia ter feito enquanto despertava ainda mais as emoções dela. — Meu Deus, Amanda. Sinto essa necessidade de ter certeza de que você sabe dessas coisas, e isso está mexendo com a minha cabeça. Eu sei que foi...*inconveniente* te parar quando o fiz, mas tenho que ter certeza de que você vai estar segura.

Ele usava um tom tão cuidadoso, conflitante com a luta para se conter que estava espelhada em seu rosto, mas ela sabia, como tudo o mais, que não devia dar muita importância a isso. Ele se importava com ela como pessoa, talvez como funcionária, mas isso era tudo. Essa era uma noite de sexo. Nada mais.

E agora era a vez de ele ser mimado.

— Tudo bem. Prometo que vou tomar cuidado. — Ela empurrou o peito dele de leve, e Mick se recostou, apoiando nos cotovelos, com o queixo abaixado e os olhos famintos, observando-a.

Ela passou as mãos pelas coxas dele, acariciando todo o comprimento delas, observando a reação de seu pau enquanto ele se movimentava. Seguindo a dica do que ele costumava fazer, ela abriu mais as pernas dele, mantendo-as nessa posição enquanto passava a língua sobre o saco e o sentia se contrair. Ele gemeu de prazer, excitando-a ao máximo. Ela já tinha feito sexo oral antes, mas foi há muito tempo, e nunca experimentou além disso. Queria experimentar tudo com Mick. Segurou as bolas, acariciando-as enquanto lambia a pele sensível. Tomou o cuidado de manter os olhos fixos nos dele. Observá-lo olhar para ela, ver a contenção e o desejo em guerra em sua expressão, tudo isso a preencheu com o poder de controle. Ela passou a língua da base à ponta ao longo de seu pau duro, repetindo o movimento até que ele estivesse ofegante, com os músculos tensos. Ela envolveu os dedos em seu pau e girou a língua sobre a cabeça larga, lambendo e provocando a glande sensível.

— Puta merda — ele sibilou. — Isso é bom, baby, muito bom.

O elogio lhe deu a coragem necessária para abaixar a boca sobre seu membro e o engolir, retirando-se lentamente, permitindo que a boca se adaptasse à espessura e comprimento dele. A mão dela seguia a boca em movimentos para cima e para baixo em seu pau, finalizando cada um com uma volta da língua na ponta. Ela sentiu o pau inchar ainda mais e soube que ele estava perto. Queria sentir seu gosto, saber que tinha lhe proporcionado tanto prazer quanto ele lhe deu. Até que ele se sentou, entrelaçou as mãos em seu cabelo e a guiou em um ritmo mais rápido. Ela chupou com mais força, apertou seu pau com mais firmeza, surpreendendo-se com a própria ansiedade de fazê-lo gozar. De repente, ele puxou sua cabeça para trás e colidiu a boca com a dela, beijando-a com intensidade. Tão intensamente que ela sentiu entre as pernas. Mas agora era a vez *dela*. A sedução *dela*, e Amanda não tinha terminado.

Ela afastou a boca e os olhos dele se encheram de confusão. Ela não ia recuar. Ele pegou o que queria, não que ela estivesse reclamando, e ela queria o mesmo. Queria *tomar*.

— Eu quero isso.

— Baby, você não precisa ir tão longe. Tudo bem. Vou gozar mais tarde.

— Eu... — A ternura e o calor em seus olhos revelaram a verdade embaraçosa. — Eu nunca deixei um cara...eu nunca... — O pânico se espalhou por ela com o pensamento de ir embora e não ter feito isso com ele, porque depois de Mick...?

Estava tão ocupada dizendo a si mesma para não pensar nisso, que nem conseguia pensar no *depois* dele. — Sei que só temos esta noite — ela o tranquilizou. — E podemos nos arrepender amanhã, mas quero fazer isso, e quero fazer com você.

— Nunca vou me arrepender desta noite. Nós dissemos sem arrependimentos. — Ele tocou a bochecha de Amanda, e ela se inclinou para seu toque, absorvendo-o.

— Eu sei. Sem arrependimentos. — *Mas é só por uma noite. Como posso não me arrepender disso?*

Ele fechou os olhos por um momento, e quando os abriu, sua expressão estava calorosa, terna, ardente e faminta ao mesmo tempo.

— Tem certeza?

— Sim.

Ele procurou os olhos dela com uma expressão profunda. Amanda se perguntou se ele via as emoções que ela estava tentando conter, ou se seu nervosismo obscurecia tudo o mais. Não queria saber a resposta e pressionou os lábios nos dele para afastar o pensamento, então abaixou a boca para ele novamente. Mick segurou seu cabelo para trás, mas desta vez não a guiou. Ela começou como antes, provocando, passando a língua pelo pau duro, lambendo seu saco, acariciando e estimulando enquanto o engolia profundamente. O cheiro dele era almiscarado, seguro e como se fosse dela.

— Você é tão boa, baby. Boa pra cacete.

Ela aumentou a velocidade e o levou mais fundo. A cabeça do pau batia na parte de trás de sua garganta, e ela se lembrou do que leu sobre relaxar. Ela tentou, mas sua boca estava tão esticada que era difícil se concentrar e ainda manter o ritmo. *Pare de pensar.* Deixou seus desejos guiarem-na, e foi o que aconteceu. Ela o acariciava com as mãos e boca, e ele gemia, se movia e gemia de um jeito que a fazia ansiar pelo toque dele. Como se tivesse lido sua mente, ele se inclinou para frente, ligeiramente para o lado, dando espaço a ela para continuar sua busca pelo prazer dele, e passou a mão por suas costelas e entre as pernas de Amanda. Ela gemeu em volta de seu pau.

— Caramba, isso foi bom — ele disse com a voz rouca.

Ela gemeu novamente, e ele moveu os quadris. Ela se esfregou na mão de Mick no ritmo de cada movimento de seu pau enquanto ele provocava o ponto mágico dela. Amanda chupou com mais força, gemendo de prazer contra sua ereção enquanto os dedos dele a penetravam e uma torrente de prazer a consumia. O pau inchou, os músculos dele se flexionaram, e jatos quentes de gozo salgado pulsaram na garganta dela. Amanda lutou para respirar, engolindo o gozo enquanto tempestades de calor rasgavam por ela, queimavam seus membros, puxavam seu âmago, envolvendo seu ser inteiro com a mesma possessão sombria que Mick tinha sobre seu coração.

Capítulo cinco

AMANDA SE SENTOU dois degraus abaixo de Mick, com a bochecha apoiada em sua coxa, os olhos fechados, os lábios úmidos com sua essência. Ela chupou seu pau como se fosse dela, proporcionou-lhe um orgasmo alucinante enquanto estava envolvida no próprio. Ela estava completa e absolutamente mexendo com a cabeça dele. Ainda não tinham consumado a noite de sexo, e ele sentia as portas emocionais que trancara batendo nas dobradiças.

Ele a pegou no colo, aconchegando-a contra seu peito, enquanto tentava ignorar a maneira como seu interior se suavizou com o suspiro de rendição dela ao se aninhar contra ele.

Ela estendeu a mão com um sorriso satisfeito e tocou sua bochecha.

— Hum. Sua barba cresce rápido.

Ele não respondeu, porque quanto mais ela falava, mais difícil era se manter emocionalmente distante. Ele estava ferrado e só havia uma maneira de se *desferrar*: com uma postura gélida. Mas tentou isso antes de se mudarem para as escadas, e foi preciso apenas um lampejo daqueles olhos e uma única palavra sem fôlego para fazê-lo voltar a um inferno emocional.

Ele a carregou para cima e parou no limite do quarto. Por que ele estava aqui? Por que não a levou para o sofá, onde seria mais fácil fazê-la ir embora depois?

Porque estou ferrado.

Determinado a não estar, ele se virou, determinado a voltar para o primeiro andar. Quanto mais perto da porta, melhor.

Amanda tocou sua bochecha novamente, olhando para cima com olhos cheios de confiança e algo mais que ele não conseguia ler, mas sentia naquele lugar sombrio que estava tentando ignorar. Então se virou e a carregou para sua cama.

— Você não está cansado? — ela perguntou quando ele a colocou no chão.

Ele riu baixinho.

— Você não faz ideia do quanto posso ir longe. — *Queria ir seria mais preciso.*

Ela olhou para sua ereção e arregalou os olhos.

— Mas você acabou de…

— E nós dois vamos de novo. — Ele a empurrou até o colchão bater na parte de trás de seus joelhos, e os dois caíram, rindo. Adicionou mentalmente os sons da risada dela à lista de coisas que minavam sua resolução de aço e entrelaçou os dedos nos dela. Segurando-os um pouco bruscamente ao lado da cabeça de Amanda, ele afastou as pernas dela com seus joelhos, lutando para controlar a sensação de plenitude no peito. Sonhou tantas vezes em vê-la deitada debaixo de si que deveria ser fácil manter as emoções sob controle, mas nada se comparava à realidade. Ver o rosto lindo no travesseiro, os olhos voltados para ele com calor e desejo, sentir o corpo macio se ajustar aos seus músculos. Ele encontrou o nirvana e nunca queria sair dele.

Mick moveu os quadris, pressionando o pau contra a umidade dela.

— Droga. — Inclinou a cabeça para a frente. — Preservativo.

Amanda apertou os dedos entre os dele. Seus olhos encantadores causaram estragos nele. Ela umedeceu os lábios, distraída, derrubando outra barreira que ele havia erguido.

— Mas você disse que está saudável.

— Estou. — Sabia que no momento em que a penetrasse sem nada entre eles, seria muito mais difícil se afastar. *Outra regra quebrada. Outra linha cruzada.*

— Então. — Ela deu de ombros de um jeito adorável.

Ela estava se oferecendo para ele, e se não aceitasse, passaria o resto da vida se arrependendo?

Droga. Agora ele iria.

— Amanda, isso não vai a lugar nenhum entre nós. Sabe disso, certo? Eu não me envolvo em relacionamentos. — *Não importa o quanto eu queira, e agora não quero que você saia por aquela porta novamente.*

— Eu sei, mas é a nossa única noite — ela disse com toda doçura que o arrepiou. Uma centelha de calor brilhou nos olhos dela. — Por que não aproveitar ao máximo?

— Merda — ele murmurou.

— Deixa pra lá. — A empolgação em seus olhos se apagou, matando-o de novo. — Estou pedindo mais do que você ofereceu. Desculpe. Eu só… Você está certo. É melhor assim.

— Você não está pedindo demais. — *Eu sim. No momento em que me ofereci para quebrar sua casca conservadora.* — Nunca transei sem camisinha. — O próximo pensamento o deixou irritado, mas ele disse mesmo assim: — Apenas me prometa que será cuidadosa com outros caras. Sério. Não quero que nada te aconteça.

Um lampejo de algo que ele não conseguiu decifrar passou pelos olhos dela e então ela sorriu como se ele tivesse acabado de lhe dar diamantes.

— Prometo!

— Baby, você está me matando da melhor maneira possível.

Mick a beijou com avidez enquanto investia em sua boceta apertada e quente. Os dois gemeram com o imenso prazer, e quando ele estava completamente dentro, ficaram imóveis.

— Mick. Caramba, Mick. Você é tão bom. Bom demais. Minha nossa. Eu não esperava...

— Shh, baby. Sua voz. Ela me enlouquece.

— Mesmo? — Ela piscou várias vezes, e um sorriso brincalhão levantou seus lábios.

— Caramba — ele murmurou. — Sim, e você é tão apertada que quero ficar enterrado dentro de você a noite toda.

— Já faz muito tempo — ela disse baixinho.

Seu coração se apertou com a confissão. *Tão confiante.*

Ela virou os olhos para as mãos entrelaçadas e depois voltou para o rosto dele.

— Quero te tocar.

O desejo em sua voz o tomou, e suas barreiras vieram abaixo. Ele cobriu os lábios dela com domínio exigente, e seus corpos se moveram com a urgência de amantes há muito perdidos. A pele deles ficou escorregadia com suor enquanto investiam e deslizavam, arqueavam e tateavam. Sons de seu amor preenchiam o quarto, gemidos, súplicas e os sons de pele contra pele. O ar ao redor crepitava sob o brilho da lua. Seus beijos eram profundos e torturantes. Mick se ergueu, angulando os quadris e investindo mais fundo, olhando para a linda mulher debaixo dele.

— Olhe para mim, baby — ele disse sem um toque de comando, tão envolvido no momento que não se importava de ter perdido a distância. Nunca se esqueceria disso, da forma como ela estava olhando para ele, como se visse apenas ele, quisesse apenas ele.

Ele levou a boca até o pulso dela e o beijou, movendo os quadris em círculos lentos, roçando em todos os lugares sensíveis que descobriu antes.

— Mick, isso é… Isso é…

Ele queria tocá-la de maneiras que ela nunca tinha sido tocada e ansiava pela descoberta de todas as suas zonas erógenas. Ele arrastou a língua do pulso até a pele macia no encontro do cotovelo, demorando-se ali enquanto ela começava a tremer. Ele usou os dentes, depois a língua novamente, e ela gemeu e arqueou. Seus olhos se fecharam e ela se curvou na cama. Ele baixou a boca para o seio dela enquanto o orgasmo a tomava, e ela gritou seu nome.

— É isso, baby. Vou ouvir esse grito nos meus sonhos. — Ele estava à beira de gozar, mas ainda não tinha terminado. Ele queria, precisava, vê-la cavalgar nele. Com um movimento fácil, ele a pegou nos braços e rolou de costas, sem acabar com a conexão entre eles. Ela parecia uma deusa, com a luz da lua atrás dela e seu cabelo cortinando o rosto lindo.

Ela prendeu as mãos ao lado da cabeça dele com um brilho malicioso nos olhos.

— Acho que posso gostar disso.

— Você nunca…?

Ela balançou a cabeça. O prazer que ele sentiu ao acumular todos esses *primeiros* momentos era pecaminoso.

— Cavalgue em mim, baby.

E ela o fez. Com força. Rápido. Devagar. *Irritantemente* devagar. Depois rápido de novo, levando-o até o limite. Ele se levantou, guiou as pernas dela ao redor de sua cintura e a possuiu em outro beijo profundo e possessivo.

— Sua boca — ele disse entre beijos. — Como vou me satisfazer o suficiente com a sua boca?

Ela inclinou a cabeça para trás e cravou os dedos nos bíceps dele enquanto gozava. Ele selou a boca em seu pescoço, chupando enquanto seu sexo pulsava ao redor do pau dele. Queria tê-la por trás, contra a parede, no chuveiro, no traseiro. Sua mente estava girando, contando histórias do que nunca poderia ser. Ele a virou de costas, tomando-a em outro beijo intenso. Em uma tentativa fútil de afastar os pensamentos, ele a comeu com força, segurando-a tão apertado que nem mesmo o ar poderia passar entre eles. Mas não importava o quanto tentasse, não conseguia se livrar da sensação de que o que estavam fazendo não era apenas transar.

— Mick. Eu vou… de novo. Ah….

Ele enterrou o rosto na curva de seu pescoço e se rendeu ao próprio orgasmo explosivo. Ele gozou, e gozou, e gozou, até não ter mais nada para dar. E então a abraçou por muito, muito tempo, travando uma guerra completa em sua cabeça. Ele ouviu o ritmo de sua respiração, sentiu seu coração se acalmar, e se deleitou com a sensação de ela se amolecer em seus braços novamente.

— Eu deveria ir embora — ela sussurrou. — O livro diz para nunca ficar… — Sua voz se dissipou.

— Livro? — A pergunta caiu em ouvidos surdos. Ela já havia sucumbido ao sono de uma amante saciada.

Esse é o momento que eu deveria te mostrar a porta. Ele a puxou para mais perto, apesar de saber que não deveria. *Levante-se.* Ele fechou os olhos contra sua consciência. Não entendia o que estava acontecendo em sua mente. Não dormia junto e, com certeza, não deveria fazer isso com a mulher que o enlouqueceu a ponto de estar em sua cama. E então caiu a ficha. Esta era a única noite deles e seu corpo ganancioso queria mais. Isso não ia acabar até que ele experimentasse o prazer de abraçá-la. Alguns minutos sentindo o calor e a segurança de seu corpo contra o dele, e ele estaria pronto para chamar um táxi para ela, para dar por encerrada a noite e seguir em frente após a noite mais incrível da sua vida.

Ele mudou de posição, segurando-a exatamente onde a queria, e ela se aconchegou. Seus corpos se encaixavam perfeitamente, como se fossem feitos um para o outro. Era isso o que ele precisava. Amanda suspirou enquanto dormia, com os dedos entrelaçados nos dele, e por um minuto, ele fechou os olhos.

AMANDA ACORDOU COM a sensação de algo duro contra suas costas e um corpo masculino muito musculoso a envolvendo. *Ah, meu Deus. Não fui embora.* Seus olhos se moveram pelo quarto. Ela dormiu na cama de Mick. Ela dormiu *com* Mick. *Transou* com Mick. Seu chefe. Seu homem misterioso. Sua fantasia. Nem podia culpar a bebida. Era apenas sua estupidez. E agora ele ia acordar e se lembrar dela... *chupando o pau dele.* Fechou os olhos com força para escapar dessa imagem, e a noite de libertinagem deles voltou em detalhes completos: seus pedidos, seus gritos, suas promessas sacanas, sua boca, seu toque. *Caramba, sua boca.* Ele deveria patentear aquela boca. Agora ela estava excitada de novo! Como ele conseguia isso? Ele nem estava acordado! Precisava sair dali. Mas se ela se mexesse, ele acordaria. Onde estavam suas roupas? *Lá embaixo. Perto do bar.* Ele fez coisas incríveis com ela naquele bar. Ele tinha enfiado o dedo no traseiro dela naquele bar. Ela se encolheu. Isso era horrível.

Ela o chupou.

Sim, chupei. Bem, aquela parte não foi *nada* ruim.

E engoli.

Ah, caramba.

O arrependimento era a emoção do dia, e ele se apressou em chegar, dificultando a respiração. Precisava ir embora. Pedir demissão do trabalho. Talvez até se mudar. Até onde ela poderia ir? Ele daria referência para ela? Uma boa? Ah, não. E se ela foi péssima em tudo na noite passada? Ele disse coisas sexy e elogiosas, mas foi no calor do momento. E também, o que ele poderia dizer? *Nossa, você é péssima em fazer sexo oral?* Como poderia encará-lo novamente?

Precisava sair daquele lugar. Precisava de um plano. Poderia sair correndo do quarto, mas isso a faria parecer uma idiota. Sem mencionar que estava dolorida em lugares que nem sabia que poderiam doer. Fez uma nota mental de se matricular em uma academia. Imediatamente. Poderia tentar agir com naturalidade, mas não tinha experiencia nisso. Especialmente depois daquela transa alucinante e dos beijos perfeitos. Ah, como ela amou aqueles beijos! Não deveria amar aqueles beijos. Era uma noite apenas. *Uma noite de prazer. Uma fantasia. Sem compromisso. Sem arrependimentos.* Ela se saiu bem com os três primeiros, mas estava ferrada com a parte do arrependimento.

Apenas uma noite e nunca mais vamos falar sobre isso.

Ela se agarrou à promessa dele. Talvez ele acordasse e não falassem sobre isso. Fingiriam, como se sempre andassem nus, os dois no apartamento dele, e então ela se vestiria e iria embora. Segunda-feira de manhã agiriam como se nada tivesse acontecido.

Essa possibilidade a deixou um pouco melhor. Ele tinha experiência. Com certeza *sabia* fazer isso.

O braço dele apertou ao redor de sua cintura, e seu pau —

seu lindo e talentoso pau – se encaixou entre suas nádegas. Ela ficou úmida e enterrou o rosto no travesseiro. Talvez ele tivesse uma arma e ela pudesse poupar o constrangimento aos dois e atirar em si mesma.

Ele deu um beijo logo abaixo da orelha dela, e ela congelou.

— Sardas? — ele sussurrou, sonolento. — Você ainda está aqui? — Seu corpo ficou tenso, ele se sentou abruptamente. — Sardas. Você ainda está aqui.

Bem, talvez ele não fosse tão experiente quanto ela esperava.

O choque em sua voz fez com que ela desejasse a arma novamente. Ele poderia muito bem ter dito: *Que merda você ainda está fazendo aqui?*

— Estou indo embora. Desculpe. Devo ter adormecido. — Ela se agarrou ao lençol e se moveu para se levantar, mas ele a envolveu e a olhou como se estivesse tentando entender como tinham chegado a esse ponto.

— Se acalme — ele disse casualmente. Como ele escondeu seu pânico tão rápido?

Ela pressionou os lábios juntos na tentativa de silenciar o pânico crescente, mas ele transbordou de qualquer maneira.

— Não consigo. Desculpe. Não deveríamos ter feito isso. Eu… Como posso me acalmar? Tenho que ir. Agora mesmo.

Ela se inclinou para cima, esperando que ele se movesse, mas ele permaneceu uma parede imóvel de músculos estúpidos e sensuais. Seu olhar penetrante trouxe de volta cada olhar sedutor que ele lhe deu na noite passada, e o sorriso convencido a deixou confusa.

— Não me olhe assim. Estou formalmente apresentando minha demissão. Agora mesmo. Esqueça a noite passada. Por favor. Deus, por favor.

— Por quê? — ele perguntou com uma risadinha divertida.

— Pare de se aproveitar da minha crise mental. Vou te dizer por quê. Porque fizemos todas aquelas coisas eróticas, e eu deveria estar aprendendo, e tudo o que fiz foi deixar você me dar orgasmo, atrás de orgasmo, atrás de orgasmo, atrás... — Ela fez uma careta. — Você entendeu. E eu não deveria ter ficado para passar a noite.

— Porque o *livro* diz isso.

— Ah, meu Deus. Você sabe sobre o livro? — *Caramba, o que mais eu disse?*

Ele levantou uma sobrancelha.

— Tudo bem, eu posso explicar. *O Manual: Liberte sua Sedutora Interior* veio altamente recomendado, e foi útil... — Suas palavras foram abafadas pela boca de Mick, assim como seus pensamentos e sua ansiedade, até que tudo o que restou foi a sensação de estar flutuando em uma nuvem.

Com Mick.

Não, não, não!

Sim, sim, sim!

Ela empurrou o peito dele, e ele gemeu ao soltar a boca dela.

— O *Manual* recomendou que você afaste um cara quando ele te beija? Se sim, esse livro precisa ir para o lixo.

— Mick! Nós combinamos que seria uma noite e que nunca falaríamos disso de novo. Eu arruinei tudo. Nem mesmo tentei te seduzir além de, bem, você sabe, o que fizemos nas escadas. Você não pôde avaliar minhas habilidades de sedução, e agora vou ficar comparando todos os homens por aí com você, o que, acredite em mim, será horrível para mim *e* para eles. Sem mencionar que estou na mesma situação em que estava antes de ontem à noite. Ainda não faço ideia se estou fazendo as coisas corretamente, e estou dolorida em lugares que nem sabia que poderiam doer. — Ela percebeu que estava tagarelando e fechou a boca.

Ele franziu o cenho.

— Você está certa.

— Eu sei. — Ela não sabia o que estava esperando, mas a decepção se insinuou, e ela bateu no colchão. — Desculpe. Eu sou péssima.

— Eu gosto da maneira como você é péssima. — O sorriso malicioso voltou.

Ela adorava aquele sorriso malicioso.

Argh! Ele estava debochando dela! Deu um tapa no braço dele.

— Pare com isso. Não fale mais sobre o que fizemos. Agora levante.

— Não.

— Não?

— Não. Não posso deixar você sair pelo mundo fazendo o que algum livro estúpido aconselha. Isso seria irresponsável da minha parte. Você precisa ser devidamente instruída em todas as coisas sedutoras. Que escolha temos senão passar o fim de semana juntos?

— Mick. — *Fim de semana? Ele está louco?* Ele parecia tão chocado com a ideia quanto ela. Ou talvez fosse presunção; ela não podia ter certeza.

— Estou falando sério. Tenho uma reputação a zelar. Se você sair por aí e contar para pelo menos uma pessoa que não cumpri minha promessa, tudo pode dar errado.

— Eu nunca vou falar sobre isso. Nem mesmo para a Ally.

— *Ah, Deus, a Ally!* Ela provavelmente tinha mandado cem mensagens para garantir que Amanda ainda estava viva. Mick olhou para ela de lado, e ela soube que ele estava se perguntando se ela conseguiria esconder algo assim da irmã. Ele sabia o quanto eram próximas, e Ally estava morando e era noiva de Heath Wild, amigo de infância dele.

— Obviamente, não falaremos do nosso *Fim de semana de aventura sexual* — ele disse casualmente. — Isso também seria irresponsável.

— Espere, o quê? *Fim de semana de aventura sexual?*

— É a única maneira. Já cruzamos uma linha que não podemos voltar atrás. — Seu tom ficou sério. — Vamos fazer isso direito. Você vai passar o fim de semana inteiro me seduzindo, é claro.

Ele estava certo sobre cruzar a linha. *Meu Deus. Será que estou realmente considerando isso?*

— Você está falando como se estivesse em uma reunião com um cliente.

— É uma espécie de acordo — ele disse. — Um acordo. Um fim de semana de sedução, sem arrependimentos e, pelo amor de Deus, sem demissões também.

— Mick, como vou conseguir te olhar no escritório?

Ele afastou uma mecha de cabelo do ombro dela e deu um beijo ali.

— Do mesmo jeito que sempre olhou. — Ele segurou o olhar dela, firme, sombrio. *Sedutor.* — Você quer isso, Amanda. Um fim de semana. Sem compromisso. E ninguém precisa saber.

Ela sentia que não apenas estava considerando um fim de semana com Mick, mas cedendo à aceleração de seu pulso e à dor entre suas pernas. Todas as suas melhores partes estavam a favor do plano de Mick, mas seu lado conservador e cuidadoso achava que isso era má ideia.

Ele deu um beijo no canto da sua boca, enviando ondas de antecipação por todo o seu corpo. *Eu já me envolvi demais.*

— Acho que devemos começar agora mesmo — ele sussurrou. — Vamos lá, sardas. Você quer isso.

Deus a ajudasse, ela queria. Muito, muito mesmo.

Ele rolou de costas e entrelaçou as mãos atrás da cabeça. Os lençóis amontoaram ao lado dele, mostrando todos os músculos rígidos e seu pênis perfeito e ansioso em exibição. Como poderia negar a si mesma esse prazer? Teria que ser cega e surda, e mesmo assim, não seria suficiente, porque sabia como era estar com ele, como era prova-lo.

Ele passou o dedo pelo queixo dela.

— Você quer isso, baby.

Baby.

Ela teria que apagar seus sentimentos. Apagar cada lembrança.

Logo após o fim de semana.

Capítulo seis

— SOU EU. ME desculpe por não ter atendido suas ligações, mas estou bem. — Amanda afastou o celular do ouvido enquanto Ally a repreendia por não ter respondido às mensagens dela na noite anterior. Ela tinha vinte minutos antes de Mick ir buscá-la. Ainda não conseguia acreditar que concordou com um fim de semana de sexo e sedução. Quem ela pensava que era? Marilyn Monroe?

— Sério. Fiquei acordada a noite toda, e se não fosse pelo Heath, eu teria chamado a polícia. Você deve muito a ele. — Ally soltou um suspiro frustrado. — Eu juro, Mandy, quando eu te encontrar, vou puxar sua orelha.

— Eu sei — ela disse, olhando no espelho, enquanto Ally lhe dizia mais uma vez o quanto tinha sido irresponsável. Mas valeu a pena. Teve uma noite incrível, ainda que confusa. E a manhã foi igualmente incrível. Depois que ela e Mick se devoraram, ela voltou para casa para tomar banho e fazer as malas. Era setembro, e o tempo deveria estar agradável, por volta de vinte e um graus neste fim de semana. Com isso *e* a sedução em mente, ela demorou uma eternidade para escolher a roupa de hoje: um par de botas bege de salto alto com franjas, uma curta marrom e blusa branca de botões, desabotoada até a altura do sutiã de fecho frontal, algo que ela ainda se sentia desconfortável… o decote, não o sutiã.

— Me desculpe, Al. Sinto muito. Mas preciso da sua ajuda. — Mick estava acostumado a ser seduzido por mulheres ricas e bonitas. Esperava não decepcioná-lo e, mais importante, os pensamentos seguintes se tornaram seu novo mantra: *isso não é real. É um acordo de fim de semana. Um acordo de negócios. Nada mais.*

— Ah, Deus. Viu só? — Ally disse. — Você não está bem. O que aconteceu? Com quem você estava? Vou até aí agora mesmo.

Ela imaginou a irmã pegando a bolsa e chaves.

— Não! Não venha. Vou sair em breve e, de qualquer maneira, não posso dizer com quem estava. Mas você o conhece, e eu estou segura com ele.

— Amanda, o que está acontecendo? De onde eu o conheço?

Ela abriu a gaveta de roupas íntimas, tentando ignorar a exigência na voz de Ally. Se lembrando da preferência de Mick por renda preta, ela revirou as calcinhas de algodão em busca das calcinhas e sutiãs novos de renda preta e os jogou na cama.

— Vou passar o fim de semana… — *Seduzindo meu chefe.* Ela paralisou. *Isso não é inteligente.*

— Com…? — Ally insistiu, tirando Amanda de seus pensamentos.

Mas apenas desta vez, ela não queria ser a irmã inteligente e cuidadosa.

— Com o cara do bar.

— Mandy, isso *não* está certo. Me diga quem ele é.

— Não posso. Mas preciso da sua ajuda. O que você vestiria para um fim de semana onde seu único propósito é seduzir um homem? Sei que preciso de um vestido sexy ou dois. Você acha que posso usar jeans também? Ou seria demais…

— Amanda! Se você não abrir o jogo agora mesmo, juro que vou te algemar a algo no meu apartamento e você não vai conseguir sair.

Algemas. Hum. Ela se perguntou se Mick gostava disso. *E eu? Eu poderia gostar?* Ela queria contar a Ally o que fez. A irmã sempre contava tudo a ela... *tudo, exceto o que eu precisava saber sobre esse assunto em particular.* Não, Amanda decidiu. Ela não ia quebrar a promessa de sigilo que fez a Mick.

— Não é grande coisa. — Era uma coisa enorme, mas não precisava admitir isso para sua irmã já preocupada. — Eu concordei em passar o fim de semana com ele. — Ela escolheu dois vestidos bonitos e os jogou na cama.

— Você disse que eu o conheço. De onde?

— Você o conhece. Não vou te dizer, então...

— Amanda, tenho que me preocupar? Ou você está realmente bem? Ele já te convidou para passar o fim de semana, então é óbvio que você não precisa do meu conselho para seduzi-lo. — Ally ofegou. — Ah, não. Ele não é casado, é? Porque você não pode se colocar nessa posição.

— Não! Ele não é casado. É complicado. Ele é um colega de trabalho. Estou bem, Al. Não precisa se preocupar. Eu juro. — Essa última mentirinha deixou um gosto amargo em sua boca. Amanda não estava bem. Ela estava preocupada. Não com sua segurança, mas com seu coração. Não tinha ideia de como enfrentaria Mick no trabalho e agiria como se nada tivesse acontecido entre eles. Ela só estava brincando sobre se demitir, mas isso era verdade independentemente de eles passarem este fim de semana juntos ou não. Eles já tinham ultrapassado todas as linhas que tornariam a permanência dela na empresa fácil ou apropriada, apesar da exigência dele de *não demissão.*

— Ally? — Amanda se moveu rapidamente, ciente de que

tinha apenas alguns minutos para fazer as malas e se recompor. Escolheu um conjunto casual, sapatos, camisolas... camisolas? O homem era uma máquina de sexo. Ela duvidava que fosse usar muito de suas roupas.

— Estou aqui.

Amanda juntou seus produtos de higiene pessoal e os enfiou em uma bolsa.

— Não estou tentando te excluir. É realmente complicado. Me encontra na segunda à noite no Kiss?

Ally suspirou.

— Não sabia que você ainda ia lá.

O Kiss era um bar artístico no Village. Toda segunda-feira à noite, eles realizavam leituras de romance, onde aspirantes a escritores liam trechos românticos que haviam escrito. Amanda e Ally descobriram esse lugar juntas, antes de Ally conhecer Heath, e Amanda continuou a ir todas as noites de segunda-feira.

Uma batida na porta fez seu coração acelerar.

— Ele chegou. Tenho que ir. Me encontra lá? No Kiss? Às sete?

— Tudo bem. Se cuida. Vou te mandar mensagens hoje à noite e amanhã, e se você não responder até meia-noite, *vou* chamar a polícia.

— Tudo bem! Te amo. — Ela encerrou a ligação e fechou a mala, imaginando se estava levando coisas demais e se tinha escolhido as roupas certas. Ao avistar o perfume na cômoda, ela o jogou na bolsa. Outra batida trouxe a dúvida. Ela saiu apressada do quarto e parou na porta da frente.

Eu não posso fazer isso.

Sim, você pode.

Olhou ao redor do seu pequeno apartamento. Adorou o

espaço aconchegante desde o momento em que entrou ali pela primeira vez, apesar do tamanho. E Mick, que possuía um apartamento de *três andares*, estava prestes a vê-lo. Talvez devesse dizer a ele que estava doente.

Seu celular vibrou na mesa perto da porta. Ela o pegou, preparada para dizer a Ally que estava realmente bem, apesar da Guerra Mundial Mick que rugia em sua cabeça. A visão do nome dele na tela fez seu estômago se agitar. Ela abriu e leu a mensagem.

Regra de sedução nº 1. Você precisa estar no mesmo ambiente que a pessoa que está tentando seduzir.

Ela sorriu e olhou pelo olho mágico da porta, mas ele estava olhando para baixo e tudo o que viu foi seu cabelo escuro. Um segundo depois, seu celular vibrou com outra mensagem.

Você quer isso, Amanda. Abra a porta.

Ela queria. Ela *o* queria, de qualquer maneira que pudesse tê-lo.

Sem dar a si mesma a chance de questionar sua decisão, ela abriu a porta, suspirando de forma sonhadora ao vê-lo com jeans de cintura baixa. Um par de óculos de sol pendia da gola da camiseta cinza, que se ajustava ao peito e ombros, o tecido visivelmente esticando sobre seus bíceps. Ele não se barbeou e o cabelo foi penteado com os dedos, sexy e bagunçado. Ela estava tão acostumada a vê-lo de ternos caros, que ele parecia um homem completamente diferente. Perigoso. Excitante. *Pecami-noso.*

Ela a olhou lentamente, como se não quisesse perder nada, fazendo-a se sentir vulnerável e excitada ao mesmo tempo. Os olhos dele desceram de seus seios até suas coxas, demorando-se ali por tanto tempo que ela estremeceu com a lembrança dou rosto enterrado entre elas na noite passada. Como iria sobreviver a um fim de semana seduzindo o homem que tornava difícil para ela lembrar seu próprio nome?

— OI, LINDA. — MICK deu um passo à frente e beijou a bochecha de Amanda, porque se fosse para os lábios, não ia parar por aí. Ela parecia uma gatinha sexy de saia curta e justa, com sua inocência de olhos arregalados em pleno jogo. Ele não tinha ideia de como iria se segurar nas próximas horas, muito menos durante todo o fim de semana.

— Oi. — Ela puxou a barra da saia, olhando para ele como fez na noite passada, com admiração e desejo.

Ele esperou que ela dissesse mais, sabendo que precisava abrir mão do controle e dar espaço para ela seduzir, dado o acordo entre eles, mas reprimir seu desejo de assumir o controle estava o matando. Especialmente porque ela parecia tão perdida nele no momento quanto ele estava nela. E caramba, ele gostava muito disso.

Ele passou uma mão pela sua cintura e sussurrou:

— Você deveria me convidar para entrar para pegarmos suas coisas.

— Ah! Certo, desculpe. Entre. — Ela deu um passo para o lado e fechou a porta atrás dele.

Mick observou a sensação clássica e elegante do apartamento aconchegante de Amanda, que combinava perfeitamente com ela. Um sofá branco e uma namoradeira de dois lugares criavam um recanto próximo às janelas, de costas paredes azul-claro com acabamentos em branco. Na parede oposta, duas estantes brancas continham uma infinidade de livros jurídicos, romances e outras obras literárias, intercalados com fotografias de Amanda e sua família. Ele se perguntou brevemente se ela contou a Ally sobre a noite passada ou sobre este fim de semana.

Amanda apontou pelo corredor à direita.

— Vou pegar minha bagagem.

Segurando sua cintura, ele disse:

— Sedução, lembra?

Ela franziu o cenho em confusão.

— Os homens gostam de se sentir necessários.

— Oh. Um...

— Você pode me pedir para pegar suas coisas porque estão muito pesadas.

— Mas não estão tão... — Ela abriu a boca e um rubor adorável tomou conta de suas bochechas. Ela deu um passo mais perto, arregalando os olhos com uma inocência fingida. — Hum, Mick? — Ela passou o dedo pelo centro de seu peito, enviando calor mais para baixo. — Você se importaria de me ajudar com minha mala? Está um pouco pesadas. — Ela umedeceu os lábios e, assim, ele ficou excitado, se lembrando dos lábios dela em volta de seu pau na noite passada. — Está no quarto.

— Caramba — ele murmurou. — Desse jeito, nunca vamos sair do seu apartamento.

— Oh, não. Sou tão ruim assim?

Ele a abraçou mais forte e roçou sua excitação para que ela pudesse sentir o efeito que tinha sobre ele.

— Não, baby. Você é muito boa.

Este fim de semana era uma ideia perigosa, mas a noite passada não foi o suficiente. Dormir abraçado com ela não foi o suficiente. Acordar com ela em seus braços não foi o suficiente. Este fim de semana tinha que ser o suficiente. Ela aprenderia o que precisava para conquistar o tipo de homens que desejava, um pensamento que o torturava, ele a convenceria de que ela não precisava se demitir e, na segunda-feira, teriam tido o suficiente um do outro e seriam capazes de seguir em frente.

Sim, e os porcos voam.

Que outra escolha ele tinha? Não estava disposto a se envolver em um relacionamento, que era exatamente o que ela merecia, mas não com um cara como ele. Ele era muito cínico. Passaria todos os dias esperando a outra pessoa desistir. Este era o único jeito. Ter o suficiente dela, tirá-la de sua cabeça e voltar como as coisas eram.

Com isso em mente, se disse para não ficar muito tempo no quarto dela, mas assim que passou pelo batente, foi sugado para o mundo dela. Cortinas brancas pendiam de um dossel de ferro acima da cama. Cortinas rosa-claro emolduravam duas janelas. Entre elas, havia uma penteadeira, daquelas antigas que já tinha visto em filmes, com um vaso de flores frescas em cima. Outro buquê de flores estava em cima de uma cômoda perto do armário. O quarto tinha cheiro de campo depois de uma chuva leve. Na mesa de cabeceira, havia velas e mais romances. Ele olhou com relutância para os pavios queimados e não pôde deixar de se perguntar qual sortudo esteve em sua cama. Seu estômago se apertou com o pensamento. Essa era um lado dela que Amanda talvez nunca tivesse revelado. Embora soubesse que ela era louca por romance, nunca imaginou que fosse tão profundo. Seu quarto contrastava fortemente com as habilidades que ela estava tentando aprimorar, e ele lutou contra o desejo de dizer a ela que não precisava fazer isso. Não com ele, ou para nenhum homem. Mas esse não era seu lugar. Já havia se colocado em um dilema o suficiente.

Pegou a sacola, se virou e a encontrou remexendo na saia

mais uma vez e foi novamente atingido pelas mensagens conflitantes. Ele não tinha ideia de por que saber que ela era uma romântica de coração o incomodava tanto, mas incomodava. A ideia de algum homem indigno, ou homens, tocando nela sempre o incomodou, mas agora isso o fazia ferver de raiva. O que o fez pensar que ficaria bem em ensinar Amanda a seduzir outros homens?

— Você gosta de romance — ele disse com rispidez. Estava bravo consigo mesmo, porque embora tivesse os meios e o desejo de dar tudo o que ela queria, ele era prisioneiro de seu passado e de sua mente inteligente demais para acreditar na fantasia do felizes para sempre que ela ansiava.

Ela sorriu.

— Todas as mulheres gostam, não?

— Talvez. — *Mas não dou a mínima para elas.* — Mas nem todas merecem encontrá-lo.

Alguns minutos depois, estavam saindo da cidade em seu Aston Martin One-77. Amanda olhava pela janela. Seu cabelo estava preso de lado, dando a ele uma visão das sardas abaixo da orelha. Queria se inclinar e beijá-las. Mick se perguntou sobre sua fascinação pelas sardas dela, atribuindo isso a não ser diferente de saber como ela gostava de seu café, ou que ela umedecia os lábios quando estava nervosa. Eram vislumbres íntimos da mulher por quem ele estava se apaixonando… e tentando não se apaixonar. Se fosse honesto consigo mesmo, admitiria que sua mente se tornou uma teia, coletando pedaços de Amanda que ele nunca mais queria esquecer. Mas esse tipo de honestidade exigia introspecção, e a introspecção trazia de volta o passado.

Não, obrigado.

— Me conte sobre o *Manual* — ele pediu para distrair a si

mesmo enquanto pegava a estrada. — Preciso saber o que tenho que te ajudar a desaprender.

— É muito constrangedor — ela disse, ainda olhando pela janela.

— Mesmo depois de ontem à noite? — Ele estendeu a mão para segurar a dela na tentativa de acalmar seu nervosismo… e de acalmar sua necessidade de estar mais perto dela.

Ela se virou, a determinação em seu maxilar sendo uma cortina de fumaça para a incerteza em seus olhos. Ela não estava preparada para o mundo das aventuras de uma noite e seduções sem sentido. Ele adicionou mais uma tarefa às lições do fim de semana: convencê-la de que aprender a seduzir era uma coisa, mas que não precisava ir além de marcar um encontro futuro. Aventuras de uma noite estavam fora de questão.

— Baby. — Assim que o carinho escapou, ele soube que tinha que se controlar. Não usava termos carinhosos com mulheres. Por outro lado, não levava mulheres para seu apartamento… ou para sua casa em Sweetwater, Nova York, para onde estavam indo agora. — É um livro — ele a tranquilizou. — Podemos falar sobre um livro. Querer explorar sua sensualidade não deveria ser constrangedor, e certamente não comigo.

— Você é meu *chefe* — ela disse baixinho. Depois, com mais firmeza: — É claro que deveria ser constrangedor. Talvez estejamos cometendo um erro.

Ele deveria aproveitar essa oportunidade para virar o carro e escapar da teia complicada que estavam tecendo. Deveria solidificar as paredes atrás das quais viveu por tanto tempo. Ele sabia disso e lutou contra, porque se o fizesse, passaria o resto da vida se perguntando como esse fim de semana poderia ter sido.

— Podemos voltar — ele ofereceu —, mas isso não vai

apagar o que fizemos ontem à noite. E segunda-feira isso ainda vai estar lá. Não vamos falar sobre isso e tentaremos agir como se não tivesse acontecido. Mas a noite passada sempre vai estar lá. É o nosso segredo. O que acontecer entre agora e segunda não vai mudar o resultado que a segunda trará.

Ela olhou pela janela novamente, afastando a mão da dele.

— Se você está preocupada com o respeito, ou que eu vá te ver de forma diferente, você está certa.

Ela lhe lançou uma expressão de dor.

— Te respeito ainda *mais* por querer explorar todos os seus lados e por ser corajosa o suficiente para fazer isso. Conheci mais sobre você nas últimas vinte e quatro horas que nos últimos três anos.

Ela continuou olhando para ele enquanto Mick dirigia. Ele sentia que ela o avaliava em silêncio, e ele se perguntou o que ela via. O que veria se ele se olhasse no espelho e fez questão de não fazer isso.

— Você está realmente difícil de ler agora.

— Estou? — Ele olhou para ela e sorriu.

— Não consigo dizer se você está falando sério, se realmente me respeita mais, ou se está me acalmando para que eu não me sinta baixa por dormir com você.

Isso apagou seu sorriso e ele balançou a cabeça.

— Então não durma comigo. Este fim de semana de sedução é para você. Você controla o que fazemos, até onde vamos. Eu estou aqui apenas para fazer críticas e garantir que você saiba o suficiente para se manter longe de problemas. — *E para me saciar o suficiente para poder seguir em frente sem enlouquecer.*

Ela riu.

— Eu deveria acreditar que você é tão altruísta? Por favor, Mick. Não aja como se eu fosse uma tola. Você está nisso pelo sexo.

— Estou? — Parcialmente, sim, mas não apenas pelo sexo. Pelo sexo *com Amanda*. *Tempo* com Amanda. Ele não entendia completamente todas as razões pelas quais sugeriu este fim de semana, mas sabia que não estar com ela *não* era uma opção. Ele precisava tirá-la da cabeça de uma vez por todas.

Ele olhou para ela novamente. Não havia como enganá-la. Ela era tão brilhante quanto doce, e a combinação, concluiu, era o maior afrodisíaco que existia. Não, ele se corrigiu. O brilho e a doçura envolvidos em Amanda Jenner eram o maior afrodisíaco.

— Se isso fosse verdade — ele disse com outro sorriso —, não teríamos saído do seu quarto.

— Acho que você tem razão. — Ela recostou a cabeça e fechou os olhos. — A propósito, para onde estamos indo? Não vamos ficar na sua casa?

— Vamos — ele assegurou a ela. — Só não na minha casa na cidade.

Ela se sentou ereta.

— Você tem outra casa?

— Você concordou em passar o fim de semana com um homem sem fazer sua pesquisa? Que tipo de assistente jurídica você é? — Isso lhe rendeu um revirar de olhos *e* um sorriso… e ele adorava o sorriso dela. — Você vai gostar. Prometo. Agora, vamos falar sobre esse livro.

Capítulo sete

AMANDA CEDEU E contou para Mick sobre o *Manual*, o que ela aprendeu e como o livro a ajudou a ganhar confiança para sair da sua concha um pouco mais a cada semana. Eles conversaram por mais de uma hora. Mick ouviu com atenção, assentindo e fazendo comentários aqui e ali. Ela ficou feliz por ele não tê-la criticado por ser estúpida em tentar aprender com um livro, mas se perguntou o que ele realmente pensava sobre isso… e sobre ela. Alguns olhares que ele lhe dava faziam seu estômago revirar, e então sua expressão se tornava séria novamente, lembrando-a dos limites do acordo deles.

Ele saiu da estrada principal.

— Obrigado por compartilhar tudo isso comigo — ele disse com um sorriso pensativo. Poucos minutos depois, viraram em uma estrada estreita cercada por florestas exuberantes, repletas de vermelhos intensos, amarelos vibrantes, verdes, marrons e cores intermediárias. Eles abaixaram os vidros, e ela inalou os aromas do outono enquanto seguiam a estrada sinuosa montanha acima.

— Onde estamos?

— Em Silver Mountains. Achei que você se sentiria mais confortável em um lugar onde não precisasse se preocupar em encontrar pessoas conhecidas. Assim, não há necessidade de usar a peruca.

Ou será que você não quer que ninguém que conhecemos nos veja juntos? O pensamento permaneceu, apesar do fato de que, se ele estivesse dizendo a verdade, era um gesto atencioso. *E um lembrete de que ele, provavelmente, tem muita experiência com sexo sem compromisso para ter pensado em algo assim.*

— Isso foi inteligente — ela disse. — Assim, nenhum de nós precisa se preocupar. Seria embaraçoso encontrar alguém com quem trabalhamos.

Ele ficou em silêncio por um minuto, o músculo da mandíbula pulsando como um batimento cardíaco.

— Certo — ele disse, com a voz tensa. — Estamos indo para Sweetwater, uma cidadezinha que o irmão do Heath, Logan, me indicou há alguns anos. Ele tem uma cabana aqui.

Ela se perguntou se ele contou para Logan sobre o fim de semana deles. Se encolhendo por dentro, ela ficou pensando se Logan contou a Heath, que contaria para a Ally… que a mataria não apenas por não ter contado para ela, mas também por ter transado com o chefe. Ela ruminou esse pensamento desconfortável, sentindo seu estômago se contorcer e apertar cada vez mais, até que se lembrou que Mick foi tão enfático quanto ela sobre nunca falarem sobre o tempo que passaram juntos.

— Você tem? — ela perguntou. — Uma cabana, quero dizer?

— Não, não tenho.

Ele não tinha? Será que estavam indo para a casa de Logan? Ela pensou em enviar uma mensagem para a Ally e contar a verdade, mas e se Mick não tivesse contado a Logan? Seu coração batia tão forte que parecia que ria explodir.

— Você contou para o Logan sobre ontem à noite? Sobre este fim de semana?

O rosto dele se contorceu como se tivesse comido algo que

tinha gosto ruim.

— Pensei que você confiasse em mim.

— Confio, mas vamos para um lugar onde você não tem uma cabana e ele tem, então pensei…

Ele balançou a cabeça e disse friamente:

— Em primeiro lugar, eu tento não mentir…

— Eu sei, mas não contei para a Ally, e não quero que ela descubra pelo Heath, que pode descobrir pelo Logan. Odeio enganá-la.

A expressão dele suavizou.

— Amanda, se você se sentir melhor contando para sua irmã, por favor faça isso. Confio no seu julgamento, mas você deve saber que eu não disse nada para o Logan ou qualquer outra pessoa. Quando paramos para abastecer e você foi ao banheiro, o Brett me ligou. Eu disse a ele que estava indo para Sweetwater, para passar o fim de semana, mas ele sabe que eu não… — Ele fez uma careta. — Ele não teria motivos para pensar que eu estava com você.

— Tudo bem, obrigada. — Brett era o irmão mais novo de Mick. Ele e o outro irmão deles, Carson, um especialista em TI, eram donos de uma empresa de segurança internacional. Amanda gostava dos três irmãos mais novos de Mick, tendo os conhecido em momentos diferentes no escritório e no Night-Caps, um bar de propriedade do outro irmão de Mick, Dylan.

— Sério, baby, se quiser contar para sua irmã, por favor faça isso. Não quero que você se preocupe.

— Está tudo bem. Eu só não queria que ela descobrisse por outra pessoa.

Ele olhou para a estrada.

— Você cresceu fora da cidade, não é? Era assim?

Ela ficou surpresa por ele se lembrar. Não falaram sobre sua origem desde que ela começou a trabalhar no escritório.

— Era uma área rural, mas não nas montanhas como esta. Isso é mais bonito que um cartão postal. Eu amo o outono. Me faz pensar em caminhadas à noite com as folhas girando ao redor dos meus pés, usando um suéter grosso e aconchegante.

— Se você está tentando seduzir um homem, talvez queira esquecer o suéter e mencionar algo sobre *ele* te manter aquecida.

A sugestão dele não a constrangeu. Falar sobre o livro e as semanas de preparação para sua ida ao bar os levou a um lugar diferente. Os uniu com mais um segredo. No entanto, essa conexão mais profunda despertou outros sentimentos. Seu coração ainda nutria a esperança de que este fim de semana pudesse levar a algo mais, e ela tinha a sensação de que a batalha interna seria sua companheira constante até a segunda-feira. Não havia muito que pudesse fazer a não ser tentar aceitá-la.

Se ia fazer isso, com certeza faria direito.

— Viu? É exatamente por isso que preciso de você. Para me lembrar dessas coisinhas que fazem toda a diferença. — Ela pegou o *Manual* da bolsa e anotou isso.

— Você está fazendo anotações?

— Claro. Um homem muito sábio uma vez me disse para sempre fazer anotações, mesmo que eu ache que possa não precisar delas, porque eu...

— Poderia interpretá-las de forma diferente mais tarde — eles disseram juntos.

Ela riu e guardou o livro de volta na bolsa. Fez uma nota mental para se lembrar que deveria estar em pleno modo de sedução a partir de agora e ficar de olho em oportunidades para testar seus conhecimentos.

— Acho que viver na cidade tira a beleza das estações, não é? Eu tinha me esquecido de como o outono é inspirador. — Ela se virou e o flagrou observando-a. — O quê? Perdi a chance de ser sedutora?

— Não. — Ele riu. — Você parecia feliz agora. A felicidade fica bem em você.

— Sou feliz o tempo todo, não sou? — Ela era? Sentia que sim.

— Nos três anos em que nos conhecemos, só te vi com raiva algumas vezes e triste, *três* vezes. Fora isso, sim. Acho que você geralmente está de bom humor.

— Obrigada, mas quando você me viu triste? Tento deixar minhas emoções fora do escritório. — *Exceto o desejo, que parece me seguir como uma sombra quando estou perto de você.*

Ele apertou o volante.

— Mick? Você não pode me dizer que me viu triste três vezes e depois fingir que não sabe quando foram esses momentos. Três é um número muito específico.

— Talvez eu esteja errado.

— Você nunca está errado.

Ele sorriu com isso.

— Desembucha. — Ela cruzou os braços e o encarou, se perguntando se ele tinha inventado tudo.

— Cerca de um mês depois que você começou, você veio trabalhar com lágrimas nos olhos porque tinha visto um pássaro bater contra uma janela.

Ela se lembrou daquela manhã. O pobrezinho voou contra uma janela e caiu no chão. Ninguém parou para ver se ele estava bem, exceto ela. Mick passou por seu escritório, para entregar um arquivo, e se apoiou na mesa ao lado dela, se recusando a sair até que ela contasse por que estava chateada. *Provavelmente um pescoço quebrado*, ele tinha dito, e então a abraçou. Ela nunca se esqueceu do quanto ele foi carinho e nunca o viu abraçar outro funcionário durante todo o tempo em que trabalhavam juntos.

— E quando aquele cara traiu a Ally — ele disse com um tom de irritação. — Você ficou tão brava que queria matá-lo. Mas, no dia seguinte, toda aquela raiva se transformou em tristeza porque sua irmã estava muito chateada.

Ela ficou surpresa, e tocada, por ele se lembrar dessas ocasiões com tanta clareza.

— Você perguntou se eu queria que você fizesse algo com aquele cara.

— Eu queria matar o idiota. — Ele apertou o maxilar. — Odiei te ver infeliz.

Ela absorveu a confissão, sem saber o que fazer com isso.

— A terceira vez — ele disse com um tom pesado —, foi na quinta à noite, quando percebi que era você e parei antes que... tivéssemos a chance de terminar.

Ela se virou, se lembrando de sua confusão com a interrupção abrupta dele.

— Fiquei magoada, não triste.

— Não é a mesma coisa? — Ele estendeu a mão e, com delicadeza, segurou seu queixo, virando-a para ele. Seus olhos se moveram entre ela e a estrada. — Sinto muito. Não quis te machucar, mas não podia fazer isso com você ali.

Seu coração saltou com a sinceridade na voz e na ternura do olhar dele.

— Você merece muito mais que uma transa rápida no banheiro de um bar, e nunca deixe ninguém fazer você pensar o contrário. Vamos incluir isso no seu plano de aulas: assumir o controle de *onde* e *quando*.

Seu coração acelerado parou de repente. Ela precisava parar de interpretar demais as coisas que ele dizia, senão não conseguiria sobreviver ao final de semana.

— Mas, se eu fosse qualquer outra pessoa, você provavelmente teria seguido em frente — ela disse com firmeza. — Então está dizendo que *você* não vale mais do que isso?

Ele ficou em silêncio por tanto tempo que ela achou que ele não iria responder.

— Essa é uma boa pergunta.

Amanda lembrou a si mesma novamente de não interpretar demais as coisas que ele dizia… ou que não dizia.

MICK NÃO CONSEGUIA parar de pensar na pergunta de Amanda. Ele valia mais do que uma transa rápida no banheiro de um bar? Com certeza, em todos os aspectos que importavam. Estava no topo de sua área e não chegou lá mentindo, trapaceando ou enganando. Seu pai, sem saber, o ensinou bem nesse sentido. Gerard Bad era um advogado cretino, tão manipulador e desonesto quanto possível, e também um dos principais advogados de direito criminal na cidade. Direito criminal era muito diferente de direito de entretenimento e, até certo ponto, seu pai tinha que jogar o jogo, mas isso não importava para Mick. Depois que sua irmã faleceu, o pai deles se tornou mais sombrio, cruel e cheio de ódio em relação à família e ao resto do mundo. Mick se parecia com o pai e, em sua juventude, todos que os conheciam comentavam sobre como ele era a *cópia do pai*. Mick jurou nunca ser essa cópia. Sua decisão de entrar para o direito foi baseada em sua necessidade de lidar com fatos e verdades. Certo e errado eram definíveis, ao contrário de tantas outras coisas. Impulsionado pela necessidade de provar ao pai que havia um jeito melhor de lidar com as coisas, ele trabalhou duro para deixar sua marca sem usar as táticas nas quais seu pai confiava, e isso lhe serviu bem.

Mas isso não significava que Mick valesse mais que uma transa rápida no banheiro de um bar, porque seu pai também o ensinou que o amor não era real. E perder Lorelei ensinou a Mick que nada dura para sempre. Uma combinação letal para qualquer relacionamento, algo que lidar com fatos frios e duros reforçou muitas vezes. Ele jurou há muito tempo que não teria sua própria família. A ideia de perder um filho e, por consequência, as pessoas que amava, como seu pai havia perdido, era avassaladora. Ele podia não ter escapado de ter o DNA de advogado idiota, mas nenhum homem escapa duas vezes de coisas importantes em uma única vida.

— Mick! — Amanda exclamou ao ver Sugar Lake, tirando-o de seus pensamentos. — Isso é lindo.

Ela soltou admirações sobre a pitoresca cidadezinha. Mick se concentrou em sua empolgação, afastando seus próprios pensamentos sombrios. Era mais fácil deixar as coisas para trás em Sweetwater, onde as manhãs eram definidas pelo nascer do sol sobre as montanhas e pelo horário de abertura da padaria de Willow Dalton. As tardes eram marcadas pelas vozes das crianças correndo para casa na volta da escola, e as noites duravam o quanto os vizinhos estivessem dispostos a conversar na varanda ou no pub local. Logan deu a Mick o presente de uma vida quando o apresentou à pequena cidade. Era lá que ele ia quando sentia a atração por um futuro que nunca teria.

— Bem-vinda a Sweetwater — ele disse. Talvez não pudesse dar a Amanda o amor romântico que ela queria e merecia, mas podia lhe dar esse fim de semana, que era mais do que ele já deu a qualquer outra mulher.

— Olhe! — Ela apontou para uma faixa pendurada acima da rua de paralelepípedos logo adiante que dizia: FESTIVAL DE OUTONO DE SWEETWATER.

— Esqueci que esse era o fim de semana do festival. — Ele estacionou perto do lago, do outro lado da rua de sua casa. A garagem era nos fundos, mas adorava ver Amanda tão animada e não queria impedi-la de apreciar a vista. Um gramado verde levava à margem arenosa do lago, que era maior que o Lake George e duas vezes mais bonito. Com as imponentes Silver Mountains como pano de fundo, e o agitado parque de diversões à distância à esquerda, o lago sereno se estendia até o horizonte. Atrás deles, fileiras de lojas antiquadas com grandes vitrines e toldos enfeitavam as ruas de paralelepípedos.

Amanda abriu a porta e saiu antes que Mick tivesse a chance de contornar o carro e abri-la para ela.

Ela respirou fundo.

— Isso é lindo! E não muito longe da cidade.

Ela colocou as mãos nos quadris e o encarou, um olhar que ele tinha visto um milhão de vezes no escritório quando pedia a ela para concluir uma tarefa quase impossível. Só que agora ela usava saia curta e justa que realçava sua cintura fina e quadris cheios, e seus seios estavam forçando os botões de sua blusa, tornando difícil para ele pensar em qualquer outra coisa além do doce pedaço de paraíso diante dele.

— Mick Bad — ela disse com um sorriso largo e um tom sério. — Que outros segredos você está guardando de mim?

Se você soubesse.

— Que jeito é esse de falar com um homem que você está tentando seduzir? — ele provocou. — Pensei que você tivesse estudado o *Manual.*

Os olhos dela passaram instantaneamente de brilhantes para

constrangidos, fazendo com que ele desejasse não ter dito aquilo.

— Você está certo. Me esqueci. É difícil ser desse jeito o tempo todo. Eu realmente preciso fazer isso? Quero dizer, é a melhor maneira de eu aprender? — Ela se inclinou para dentro do carro para pegar a bolsa, dando a ele uma visão sedutora de sua bunda perfeita. — Eu sou péssima nisso. — Ela jogou sua bolsa no banco e começou a vasculhá-la.

Ele não resistiu em segurar seus quadris. Ele adorava os quadris dela. Amanda não era magra como a maioria das mulheres com quem ele entrava em contato. Ela era curvilínea e real, e ele odiava que ela quisesse aprender a jogar os jogos nos quais a maioria das mulheres confiava. Ela não precisava dessas coisas. Mas Amanda não estava aqui por *ele*. Estava aqui para *usá-lo*. Para praticar. Ele engoliu com relutância aquela pílula amarga.

Ela se endireitou, segurando o *Manual*, aquele que ele queria queimar, contra o peito e se virou em seus braços.

— Estou pronta — ela disse sem fôlego.

Foi o suficiente para que ele se perdesse em seu doce sorriso e em seus olhos confiantes. Ela devia ter confundido seu silêncio com a expectativa de uma performance, porque todo o seu rosto ficou intenso e focado, como quando ela pesquisava um caso. Ela passou a língua pelos lábios inferiores, deixando-os úmidos e convidativos, o que o fez desejar prová-los. Ela apoiou a mão em seu peito e abriu a boca como se fosse falar, mas nenhuma palavra saiu.

Com a testa franzida, ela sussurrou:

— Não sei o que dizer. — E abriu um sorriso sexy.

Ele não tinha chance contra aquele sorriso, aqueles olhos, aquela voz.

— Baby, isso é tudo o que é preciso. — Ele se inclinou para frente e a beijou nos lábios. Ela segurou sua camisa, puxando também um pouco de pele, e ele a puxou para mais perto, aprofundando o beijo. E o instante seguinte trouxe o momento que ele adorava, quando a resistência dela desaparecia e a outra mão dela envolvia seu pescoço. Ela se entregava ao beijo, correspondendo aos seus esforços com fervor. As pontas afiadas do livro dela espetavam seu peito, suspenso pela pressão de seus corpos. A língua dela tocou a sua, o corpo dela se derreteu contra o seu, e sons sensuais de prazer escaparam da boca de Amanda. Suas emoções cresceram e se estenderam, envolvendo-os, unindo-os como um cabo, forte e duradouro.

— Bem, isso não é um colírio para os olhos?

Amanda pulou dos braços dele, com as bochechas vermelhas como as árvores de outono. Seu livro caiu no paralelepípedo. Ela puxou a blusa, nervosa, tentando em vão fechá-la sobre os seios ao mesmo tempo em que puxava a barra da saia. Levou um momento para que sangue suficiente chegasse ao cérebro de Mick para que ele funcionasse. Amanda esticou a mão para pegar o livro, e ele tocou em seu braço.

— Eu pego — ele a tranquilizou, e então se virou para cumprimentar sua amiga Willow enquanto o recuperava. Logan apresentou Mick a Willow e sua família quando ele veio procurar uma casa em Sweetwater, e eles se tornaram tão próximos quanto uma família.

— Bom te ver, Willow. — Ele entregou o livro a Amanda, e ela o segurou contra o peito. — Amanda Jenner, conheça minha amiga Willow Dalton. Willow, essa é Amanda.

— A-man-da Beijo-e-abraço? — Willow provocou. — Bem, você encontrou um cara e tanto para beijar. — Ela empurrou seu longo cabelo loiro sobre os ombros e puxou Amanda para um abraço inesperado.

Willow era tão barulhenta e extrovertida, com pouco interesse em filtrar seus pensamentos, quanto Amanda era cuidadosa e meticulosa, extremamente consciente de cada palavra que saía de sua boca. Embora Amanda tivesse escorregado algumas vezes nas últimas vinte e quatro horas, e Mick tivesse achado aqueles momentos encantadores extremamente atraentes.

— Oi. — Amanda remexeu os pés, aparentando nervosismo. — Não é desse jeito. Nós não estamos... eu não sou...

— Ah, querida, por favor. — Willow fez um gesto de mão despreocupado. — Não finja que você não quer beijar esse *Bad boy*. — Ela brincou com o sobrenome de Mick. — Metade da cidade quer beijá-lo. — A moça passou os braços em volta do pescoço de Mick e sussurrou: — A Piper já deixou seu barco pronto, mas não acredito que tive que ouvir que você tem uma namorada através da minha irmã! — Piper era uma das irmãs de Willow. Ela cuidava da casa e do barco de Mick quando ele estava fora da cidade. Ele ligou para ela quando pararam no posto de gasolina e pediu que ajustasse o temporizador das luzes noturnas e abastecesse o barco com algumas coisas.

Mick riu para disfarçar a frustração que suas próximas palavras trariam.

— Não somos um casal. Somos... — *O quê? Amigos coloridos?* Engolindo o amargo que subia em sua garganta, ele disse: — Estamos trabalhando juntos em um projeto de pesquisa.

— Posso ver isso. — Willow acenou com a cabeça para o livro que Amanda estava segurando. O título *Manual: liberte sua sedutora interior*, estava virado para que todos vissem.

— Ah, meu Deus. — Amanda jogou o livro no carro e fechou a porta. — Isso é tão constrangedor.

Mick passou o braço em volta da cintura dela.

— A gente só estava se beijando.

Ela se virou para ele, encostou a testa em seu peito e disse:

— Ela ainda pode me ver?

Todos riram, mas o coração de Mick ficou quente e mole de novo. Em geral, ele não gostava de momentos fofos, mas se sentia atraído por tudo que envolvia Amanda, e não resistiu em levantar seu queixo e beijá-la novamente. Seu sorriso disse a ele que ela poderia lidar com o constrangimento muito bem, e seu aperto nele revelou o quanto ela gostou daquele beijo extra.

Ela se virou e encarou Willow, esticou os ombros e estendeu a mão em cumprimento. Willow a segurou, com um sorriso tão caloroso que Mick queria agradecê-la.

— Oi. Eu sou Amanda Jenner — ela disse com sua voz *profissional.* — Sou assistente jurídica e *trabalho* com o Mick. Ele está me ajudando em um projeto de pesquisa. *Eu* sou o projeto e o objetivo é aprimorar minha sensualidade. Agora que está tudo às claras, posso ir me esconder embaixo de uma pedra com dignidade.

— Caramba, garota. — Willow enfiou os dedos nos bolsos da calça jeans e olhou para Mick, depois de volta para Amanda. — Tudo o que você precisou fazer foi comprar um livro e pedir ajuda a ele? Você precisa ir ao *The View* ou *Good Morning America*, porque isso é habilidade e brilhantismo por si só.

— Na segunda-feira tenho certeza de que vou pensar que foi pura estupidez, mas ele é um bom parceiro de pesquisa. — Amanda olhou para Mick, e ele ergueu as sobrancelhas.

— Bem, você tem bastante tempo até segunda. Vai se juntar a nós para o Festival de Outono? — Willow apontou para o parque de diversões ao longe.

— Nós vamos, se a Amanda quiser — Mick respondeu.

— Ótimo! Talvez eu veja vocês lá. — Willow abraçou cada

um novamente e sussurrou para Mick antes de seguir em direção ao festival: — Eu gosto dela!

— Sinto muito — Amanda falou assim que Willow estava fora do alcance da voz. — Não queria te constranger na frente da sua amiga.

Ele poderia levar o jogo adiante, orientá-la a partir do embaraço e voltar à lição de sedução, mas achava tudo o que ela fazia sedutor. Estava tendo um trabalho terrível para se conter e não agir como o homem que queria ser para Amanda.

Decisão tomada, ele deixou o jogo de lado e se aproximou, se concentrando na aceleração de sua respiração e, enquanto as coxas pressionavam dele pressionavam as dela, o calor ardia entre eles.

— Novas regras — ele disse com confiança. — À noite, você será a sedutora. Hoje à noite, iremos ao pub separadamente e, para todos os efeitos, seremos estranhos. Você vai mostrar sua magia, eu vou criticar, e você vai continuar até pegar o jeito. Será seu trabalho me levar para o quarto, mas uma vez lá, você será *minha*.

Ela engoliu em seco.

— Amanhã, encontraremos outra maneira de você praticar e, até o momento em que nos separarmos no domingo à noite, você será profissional, eu prometo. Mas durante o dia e no quarto, você é Amanda Jenner, *mulher*. Não uma sedutora em treinamento. Entendeu?

— Mas…? — Ela passou o dedo na cintura da calça jeans dele.

Ele sufocou um gemido.

— *Isso* foi sedutor, Amanda. Um dedo, seus olhos inocentes, os seios roçando contra o meu peito, e estou prestes a explodir. Você não precisa de ajuda nessa área. — Ele pressionou uma mão contra a parte inferior das costas dela, segurando-a contra seu membro pulsante.

— Oh! — Seu rosto se iluminou de surpresa. — Sério?

— Com você? Sim. — Era loucura, até mesmo para ele. Nenhuma outra mulher despertou o inferno imediato que Amanda provocava sem nem mesmo tentar. Ele passou uma mão por baixo do cabelo dela até a nuca e acariciou as sardas com o polegar. Ela suspirou de prazer, tremulando os longos cílios a cada acariciada de seu polegar.

— Estou atraído por você, Amanda. Temos este fim de semana. É tudo o que teremos. Não fui feito para relacionamentos, e nunca serei. Se você quiser isso, se me quiser, precisa entender e aceitar isso desde o início. — Ele fez uma pausa, deixando suas palavras se estabelecerem para ambos. Confusão e calor voltaram a tomar conta da expressão dela.

Ele precisava ter certeza de que tinham um entendimento, para o bem de ambos.

— Você não pode se apegar a nenhuma ideia romântica de que vou mudar, ou que quero mudar, porque aos trinta e quatro anos, isso não vai acontecer. Mas eu quero este fim de semana, e quero você.

Ela respirava mais pesadamente, com o dedo firme na cintura de sua calça jeans.

— Você consegue lidar com isso? Me deixar ser o homem que quero ser para você agora, aqui, por estes poucos dias, e voltarmos a ser colegas e amigos quando voltarmos para a cidade? Se você não conseguir, se isso te deixar desconfortável de alguma forma, vamos manter nosso plano original. Mas eu realmente gostaria de te dar, de nos dar, um fim de semana que nunca esqueceremos.

Capítulo oito

— ACHO QUE CONSIGO fazer isso. — Era mentira. De jeito nenhum Amanda conseguir voltar ao trabalho na segunda-feira e fingir que não estiveram juntos. Ela não conseguia nem olhar para ele sem que seu coração fizesse uma dancinha feliz. Tinha que se lembrar constantemente de que ele não estava se apaixonando por ela; ele estava a *ensinando*. Mas agora ele não queria mais ensiná-la? Ele a *queria*? Pelo fim de semana? Isso não era isso muito melhor do que o que ela já tinha concorda-do? Mais confuso, com certeza. E porque ele não tinha relacionamentos? Mas isso importava?

Ele a queria, e ela definitivamente o queria também. O fim de semana prometia ser ainda melhor. Teria que se esforçar para arranjar um novo emprego, porque recusar a oferta mais incrível que poderia sonhar do único homem que ela desejava nem era uma possibilidade... e sua confissão faria com que trabalhar no mesmo escritório e fingir que nada aconteceu fosse ainda mais impossível.

— Tem certeza? — ele perguntou. — Porque não estou brincando desta vez, Amanda. Quando eu digo que é tudo o que teremos e que vamos deixar isso para trás quando voltarmos para a cidade, estou falando sério.

Estou preparada. Eu consigo dar conta disso.

Na verdade, nem estou usando calcinha, mas ainda consigo dar conta disso.

Espero.

Ela assentiu.

— Tenho certeza, Dr. Mick.

— Gosto de ouvir isso da sua boquinha bonita. — Seus lábios roçaram os dela. — Quase tanto quanto gostei de gozar nela ontem à noite.

Um tornado de calor girou dentro dela. Ele desviou o olhar para a sua boca. *Me beije.* Depois para baixo, para os ombros, os seios. Sua pele se arrepiou, o corpo pulsou com antecipação pelo que ele daria: um beijo, um toque, uma palavra? Tudo o que ele fazia causava reações aceleradas em seu coração.

— Gostaria de trocar de roupa antes de irmos para o festival, ou posso te devorar com os olhos a tarde toda, pensando em como seria fácil levantar essa saia sexy e penetrar em você? — Ele fez uma pausa, e ela tentou se lembrar de como falar, o que não parecia acontecer tão cedo. Ele pressionou a barba por fazer em sua bochecha, e a respiração quente dele roçou sua pele. — Ou podemos entrar e eu te como agora. E depois.

— Isso. — Ela não podia acreditar que disse isso e, aparentemente, ele também não, porque seu forte e confiante deus do sexo de fim de semana piscou várias vezes antes de segurar a mão dela e arrastá-la pela rua.

— Para onde estamos indo? — ela perguntou, tropeçando para acompanhá-lo, enquanto ele a puxava por um beco estreito entre uma cafeteria e uma livraria.

— Minha casa. Lá em cima.

— Você mora em cima da livraria?

— Sou o dono. — Ele parou no pé de uma escada de ferro e colou a boca na sua, beijando-a como se tivesse esperado a vida inteira para fazer isso.

O beijo foi rápido, urgente e continuou enquanto subiam as escadas. Ele destrancou a porta pesada e, no momento em que ela entrou, ele a pressionou contra a madeira. O peso de seus corpos a fechou com força. Ele segurou suas mãos e as prendeu acima de sua cabeça. Os olhos dele ficaram pretos como carvão, mantendo-a cativa com as promessas que continham. Prendendo suas duas mãos com uma das dele, Mick a beijou com ferocidade. Seus dentes se chocaram, suas línguas se enrolaram, e ele abriu o botão e o zíper com uma mão só e abaixou a calça até as coxas. Ela gemeu, alto e urgente, lutando contra seu aperto com a necessidade de tocá-lo.

— Eu te quero, baby. — Ele levantou a saia dela até a cintura e levou a mão entre suas pernas.

Ela estava encharcada, ansiando por seu toque, seu pau, sua boca. Tudo dele.

— Puta merda, baby. Queria ter sabido que você não estava usando calcinha. — Ele olhou nos olhos dela enquanto a penetrava com os dedos, acariciando o ponto que fazia seu interior queimar. — Eu teria te feito gozar todo o caminho até aqui.

Ela não conseguiu conter um gemido. Ele a reivindicou com um beijo exigente. Seus dedos talentosos a levaram mais e mais *alto*. Amanda tremia e ofegava, seu âmago se esticou e a fez alcançar o orgasmo que se formava dentro dela. Então Mick roçou o polegar em seu clitóris em um padrão hipnotizante, firme e suave. Ondas de calor percorreram seu corpo. Ela gozou *intensamente*, gritando quando atingiu o ápice. Ele se afastou com um olhar predatório e, sem dizer uma palavra, ele se ajoelhou e abriu tanto as suas pernas, que ela teve que segurar a cabeça dele para não cair. A boca de Mick cobriu seu sexo, sugando e provocando-a quase até a loucura.

— Por favor, Mick. Não aguento mais. É demais… — *Ah, caramba.*

A língua dele a penetrou repetidamente. Fios de prazer percorriam suas pernas, seu âmago, enquanto outro clímax se formava, enchendo suas veias, seus membros, e pulsando no ritmo da língua dele. A boca de Mick era implacável, tomando e dando, fazendo com que cada nervo crepitasse e queimasse. Seu corpo ficou frio, depois incandescente, e ainda mais quente, até que sua mente começou a girar, girar, girar…

— Mick!

Ela se arqueou contra a porta. Um fluxo de súplicas escapou de seus lábios:

— Não pare! Mais! Aí! — Uma explosão de sensações se misturou, envolvendo-a em um prazer tão delicioso que parecia letal.

Mick se levantou e ela escorregou para baixo com pernas as dormentes, as costas contra a porta. Ele a ergueu em seus braços e a abaixou em seu membro.

— Ah, nossa. — Ele a preencheu tão perfeitamente, tão por completo, que ela inclinou a cabeça para trás e o mundo girou para longe.

— Você é tão gostosa, baby.

Cada investida trouxe faíscas de calor de tirar o fôlego. Ela arranhou os ombros dele, tentando acompanhar seus esforços, mas os orgasmos a deixaram com os músculos fracos, e tudo o que ela podia fazer era se segurar firme.

— Mais forte — ela implorou.

Usando a porta como apoio, ele investiu com força dentro dela. À beira de outro clímax, seus músculos internos se contraíram *muito, muito mesmo.* Ele capturou sua boca com a dele, beijando-a com intensidade e possessividade, levando-a a um êxtase vertiginoso. Ele estava ali com ela, grunhindo seu nome enquanto o ápice se aproximava — beijando, estocando, penetrando, até que o último tremor os atingiu. Ele caiu contra ela, ainda firme e enterrado profundamente. Estavam ofegantes, meio vestidos e cobertos por um brilho de suor. Ela gozou de forma tão explosiva, que seu corpo ainda estava tentando se recuperar.

Mick recuou apenas o suficiente para olhar profundamente em seus olhos, e ela jurou que viu um afeto ansioso olhando de volta para ela.

— Um fim de semana — ele disse, com gentileza.

— Um fim de semana — ela sussurrou.

Ele encostou a bochecha em seu peito e ela se deleitou com a sensação luxuosa de estar perto do homem que adorava. *Um fim de semana.* Tentou manter esse pensamento, mas era como uma mosca circulando, pousando por tempo o suficiente para ela saber que estava ali, mas a cada respiração, a cada piscada, circulava novamente.

MICK TIROU A calça jeans, ainda segurando Amanda, quente e lânguida em seus braços, e a carregou pela sala de estar.

— Eu consigo andar — ela disse, grogue.

— Eu prefiro assim.

Ela olhou para suas roupas. A camisa estava amassada, úmida de suor – dele e dela – e aberta no peito. A saia ainda estava levantada em torno de seus quadris. Ela estava deliciosa.

— Você está sem calça e eu estou completamente vestida — ela disse com um sorriso divertido. — Eu gosto disso.

— Você está sem calcinha — ele a lembrou —, o que te deixa quase tão nua quanto eu, e eu gosto pra caramba disso também.

Mick a levou para o quarto e depois para o banheiro. A luz do sol entrava por uma grande janela acima da banheira com pés de garra, lhes dando uma vista gloriosa do lago.

— É aqui que vamos passar a noite? É muito fofo.

— Não é tão fofo quanto você, mas não. Pensei em ficarmos no barco. — Ele a colocou perto da banheira, mantendo um braço em volta de sua cintura para equilibrá-la. Amanda sexualmente satisfeita rapidamente se tornou uma de suas coisas favoritas. Um segundo lugar próximo ao ato de satisfazê-la sexualmente. Ele nunca teve uma mulher neste banheiro. As paredes de pedra bruta e madeira escura a tornavam ainda mais delicada e feminina. Ele gostava de vê-la em seu oásis particular.

— Você tem um barco? — Ela apoiou a mão em seu antebraço. — Você é cheio de segredos, não é?

— Parece que não com você. — Ele deu um beijo longo nela, sem pressa. Era muito bom se permitir estar próximo dela, deixar de lado a pretensão e o estresse de fingir que não a queria como *sua*. Ela era sua neste fim de semana. — Vamos tomar banho, depois vou descer para pegar suas coisas para que você possa se trocar.

Ele começou a desabotoar a camisa, e ela cobriu a mão dele com a sua.

— Você vai ficar?

— Você não quer tomar banho juntos?

Ela arqueou as sobrancelhas perfeitamente delineadas.

— Eu nunca…

Droga, ela ia matá-lo com tanta doçura. *Pelo menos será uma morte agradável.* Era surpreendente para ele que ela pudesse ficar envergonhada com qualquer coisa depois de tudo que fizeram, mas isso era apenas uma das coisas que a diferenciavam das outras mulheres e fazia com que Mick sentisse ainda mais vontade de protegê-la. Ele a possuiu com rudeza. Agora queria cuidar dela.

— Isso não é sobre sexo — ele assegurou. — É sobre tratá-la da maneira que você merece ser. Tome banho comigo. Se permita ser mimada e acarinhada. Depois, nós vamos comer algo e ir para o festival.

Uma onda de apreensão tomou conta de seu rosto, e isso apertou novamente o coração de Mick. Ele não queria empurrá-la além de sua zona de conforto. Já tinha feito isso na sexta-feira à noite, e fazê-la concordar em passar este fim de semana juntos tinha sido mais um impulso que um empurrão.

— Vou tomar banho no outro banheiro e te dar privacidade.

— Não. Fique — ela disse com um sorriso doce. — Estou curiosa sobre o mimo.

Ele era um homem de sorte.

— Então me deixe satisfazer essa curiosidade.

Ele desabotoou lentamente a blusa dela, dando um único beijo entre seus seios enquanto a empurrava de seus ombros e a colocava de lado.

— Não se trata de sexo — ele a tranquilizou enquanto abria o sutiã, afastava o bojo de seus seios e acariciava os mamilos com os dedos, adorando o pequeno suspiro que isso lhe rendeu. — Trata-se de me permitir cuidar de você — ele sussurrou e deu um beijo em cada ponta rígida.

Ele desceu o zíper da saia. A peça deslizou de seus quadris e caiu aos seus pés. Ele puxou a camisa sobre a cabeça e a jogou de lado. Ela colocou uma mão trêmula no antebraço dele enquanto

Mick se aproximava, com o membro rígido pressionado contra seu ventre e o peito roçando o seu.

— Você está bem, baby?

Ela assentiu, com os lábios ligeiramente entreabertos e os olhos arregalados. Tão linda que ele desejou poder levá-la para o quarto e fazer amor com ela novamente, mas não se tratava de sexo. Tratava-se de liberar todos os desejos reprimidos e desconhecidos que ele vinha tentando ignorar.

Mick se ajoelhou e ela segurou seus ombros enquanto ele tirava suas botas e massageava delicadamente cada pé.

Amanda suspirou.

— Isso é *incrível*.

— Ótimo, baby. Quero que você se sinta bem. — O aroma de seu desejo fez a boca de Mick salivar. Ele passou as mãos pela parte interna de suas coxas, se elevou e pressionou um beijo em seu sexo brilhante.

— Mick...

Seu nome escapou dos lábios dela como um segredo e ele se forçou a continuar se movendo, desacelerou novamente para dar um beijo logo acima do umbigo e outro em cada seio. Ela estava tremendo, mas ele não estava em uma situação muito melhor, duro e desesperado por mais. Mas fez uma promessa e pretendia cumpri-la.

Ao olhar em seus olhos, ele não ficou surpreso com a confiança e a timidez que cintilavam neles.

— Você é linda, Amanda, e sei que você não está acostumada a ter alguém tocando seu corpo sem segundas intenções, mas tente relaxar. Tente aproveitar ser tocada e adorada sem a promessa de sexo pairando sobre você. Como eu disse, não se trata de sexo.

A mão dela segurou sua ereção.

— Parece que pode ser.

Ele sorriu.

— Eu adoraria te inclinar sobre a pia e te possuir por trás, baby. Penetrar em você e te comer até... — *você não querer outro homem* — você estar exausta e saciada demáos para pensar.

A respiração dela falhou, e Amanda cravou as unhas na pele dele, tornando ainda mais difícil para ele se conter.

— Temos muito tempo para brincar depois. Isso é sobre te valorizar. Não posso evitar se meu pau tem outras ideias. — Ele acariciou seu lábio inferior com o polegar, segurou sua mão e a guiou para o chuveiro. Entrou atrás dela e empurrou seus cabelos sobre um ombro para evitar que se molhassem.

— Relaxe, baby. Estou aqui. — Ele a beijou do ombro até o pescoço. — Você está tremendo. Está com frio?

— Não. Nervosa.

Ele a abraçou pela cintura com um braço e pressionou o peito contra suas costas.

— Quero te fazer se sentir tão especial quanto você é. Eu estou aqui, baby. — Ele a segurou debaixo do chuveiro quente enquanto a água caía sobre ela. — Você está segura comigo.

Ela exalou, e ele sentiu a tensão em seus músculos diminuir. Mick tomou seu tempo lavando a frente de seu corpo primeiro, pescoço, ombros e seios, se deliciando com seus pequenos suspiros desesperados quando ele passava pelos mamilos, descendo pela barriga até seu monte e parte interna das coxas. Levantou cada braço, lavando do pulso até o ombro e abaixo. Ele a ensaboou com as mãos, memorizando os contornos e curvas de seu corpo macio, absorvendo cada tremor, cada suspiro. À medida que as bolhas eram lavadas, ele selava essas áreas recém-limpas com beijos. Se moveu atrás dela novamente, pressionou o peito contra suas costas e estendeu o braço sobre seu ombro, dando um beijo longo e sensual. A posição era proposital, exigindo que cada um deles se esforçasse se quisessem o suficiente. Ele gostava de intensificar o prazer, fazer coisas que ela não esperava, despertar sensações que ele achava que ela não tinha experimentado antes. Sua pele estava quente e escorregadia. Ela roçava a bunda contra seu pau, deixando-o fora de si. Mick ansiava por levar isso mais adiante, mas resistia, querendo que ela se sentisse preciosa e segura.

— Temos o dia todo, baby — ele a tranquilizou. — A antecipação é metade da diversão. Me deixe cuidar de você. Apenas relaxe e aproveite. — Ela gemeu, e ele a beijou novamente, então soltou seu rosto, se concentrando novamente em suas nádegas macias.

Mick se agachou no chão, lavou seus pés, tornozelos e panturrilhas, e beijou cada conjunto de sardas conforme as descobria: atrás do joelho, no centro da parte de trás da coxa. Ele adorava saber onde estavam suas marcas únicas. Mais segredos. Ele massageou suas coxas enquanto as bolhas eram lavadas, ganhando outro gemido doce. Ela estava enlouquecendo-o. Ele acariciou a curva de sua bunda, beijando cada nádega firme conforme a enxaguava.

— Você está me enlouquecendo — ela implorou.

— Desculpe, baby — ele disse com um sorriso satisfeito. Adorava saber o efeito que causava nela. Passou o dedo entre suas nádegas, provocando seu orifício mais apertado e avaliou sua reação. O gemido profundo foi todo o convite que ele precisava para ir um pouco além, embora não tivesse a intenção de ir além de lhe proporcionar prazeres novos e excitantes. Ele abriu suas nádegas e passou a língua desde o topo da abertura até seu ânus, e circundou a borda.

— Puta merda. — Ela empinou a bunda e se apoiou na

parede. A visão era quase demais para suportar: a bunda perfeita empinada, as pernas ligeiramente abertas e seu corpo glorioso totalmente exposto. — Não pare — ela implorou.

Ele não percebeu que tinha parado para apreciar a visão erótica dela. Provocou e lambeu em sincronia com os movimentos de seus quadris, se afundando mais quando ela ampliava sua postura. Ele não resistiu a saborear seu calor escorregadio. *Doce como mel.* Ele lambeu de uma entrada para a outra, se demorando em cada uma.

— De novo — ela implorou.

Com prazer. Ele fez de novo, e ela gemeu mais alto, mais torturada.

— Baby, esses sons. Você está testando meu autocontrole.

— Não pare. Por favor, não pare — ela disse sem fôlego.

Ele se levantou, pressionou o peito em suas costas novamente, movendo-os em direção à parede.

— Isso não deveria ser sobre sexo — ele disse com firmeza, embora estivesse falando consigo mesmo. — Você vale mais do que sexo, Amanda. Precisa saber disso. — Ele estendeu o braço em volta dela e pressionou a mão sobre seu coração. — Aqui dentro, onde importa. Você precisa saber que não é apenas uma garota bonita para trepar.

— Sei disso quando estou com você.

Quando estou com você.

— Deus, baby, o que você faz comigo. — Ele apoiou a testa em seu ombro enquanto ela roçava a bunda contra ele.

— Só… Faça o que você estava fazendo. Me lamba *lá*.

Ele estava testando seus limites de contenção. Deveria saber que a conexão deles era muito profunda, seu fogo queimava muito forte para traçar uma linha tão tênue entre até onde ele iria e até onde *queria* ir.

Empurrando a bunda contra ele novamente, ela pediu, com uma voz incrivelmente inocente:

— Por favor?

Nenhuma fantasia poderia se comparar à mulher que ele adorava se entregando tão livremente a ele. E ela não era mais apenas uma fantasia. Ela estava aqui agora. *Sua* pelo fim de semana. Ela abriu as pernas, e ele lhe deu o que ela queria, lambendo e provocando, até que ela estivesse ofegante e gemendo, e ele estivesse prestes a perder o controle. Mick penetrou a língua em seu ânus, e ela gritou em doce angústia.

— Se toque — ele ordenou. Não havia mais volta agora. Tinha que fazê-la gozar, tinha que sentir seu corpo estremecer e tremer.

A mão dela desceu para a coxa, e ele a cobriu com a sua própria, movendo-a entre as pernas dela e pressionando os dedos em sua intimidade molhada.

— Isso mesmo, baby. Sente isso? É isso que eu faço com você. — Ele segurou o pau e o acariciou, enquanto lambia seu ânus e ela se masturbava. — Eu poderia ficar te olhando e te devorando o dia todo. Estou muito duro. Duro pra cacete por você.

Ela parou. O som da água e a respiração pesada se misturaram ao som de pele contra pele enquanto ele se acariciava.

— Me tome — ela disse com a voz trêmula.

A mão dele parou.

— *Lá.*

Ele fechou os olhos diante da exigência hesitante em sua doce voz.

— Amanda. — Não queria rosnar, mas havia um limite para o quanto ele poderia aguentar antes de ceder.

— Por favor — ela sussurrou. — Eu nunca…

Ah, nossa. Outra primeira vez. Uma *grande* primeira vez.

— Baby…

Ela se virou e o encarou com uma determinação feroz.

— Achei que este fosse o *meu* fim de semana.

— É, mas…

Ela empurrou os dedos que estavam entre as pernas na boca de Mick, enchendo-o com seu sabor, e ele os chupou. O medo invadiu o interior dele, pelas emoções que ela estava desenterrando e o desejo desenfreado que ela despertou. Ele não pretendia que isso levasse ao sexo, mas caramba, ele era apenas um humano.

— Ah, baby — ele implorou. — Você não pode desfazer isso.

— Sei que nunca mais me sentirei segura assim, e quero experimentar tudo, Mick. Com *você*. Eu confio em você.

Seus olhos suplicavam tão fervorosamente quanto suas palavras, despedaçando o último resquício de controle dele. Mick cobriu a boca de Amanda, envolvendo-a em um beijo intenso e punitivo.

— Não quero te machucar — ele disse entre os beijos.

— Sei que você não vai. Eu confio em você.

Ele estava praticamente perdido, e tinha a sensação de que a segunda-feira traria um mundo de dor, não importava quantas vezes ele a avisasse… ou a si mesmo.

— Tem certeza? Na segunda, você sentirá tudo isso toda vez que olhar para mim.

Ela examinou o rosto dele, mas Mick teve a clara impressão de que ela não estava realmente registrando nada, ela havia se tornado introspectiva, buscando em sua alma.

— Tenho mais do que certeza, Mick. — Ela ficou nas pontas dos pés e pressionou os lábios nos dele, depois se virou e apoiou as mãos na parede.

Pua merda. Sabia que veria essa imagem pelo resto da vida. Ele beijou sua coluna, a parte de trás do seu pescoço, os ombros. Desceu as mãos e penetrou os dedos em sua boceta, encharcando-os com seu desejo antes de tocá-los no lugar que ela estava oferecendo.

— Vou penetrar com cuidado, para te preparar, baby. Se doer, vamos parar.

Ela assentiu.

Ele penetrou um dedo além do anel apertado dos músculos, e ela ofegou.

— É demais?

— Não. *Mais.*

Ele provavelmente seria atropelado por um caminhão por se permitir fazer isso quando sabia que não poderia oferecer o relacionamento que ela realmente queria. Mas este era o fim de semana deles, e não ia negar os prazeres que desejavam. Ele penetrou dois dedos e seu ânus se contraiu. Ela gemeu, arranhando a parede. Mick se inclinou para a frente, cobriu sua mão com a dele e entrelaçou seus dedos.

— Estou com você, baby. — Ele estimulou seu ânus até que ela se moveu com ele mais confortavelmente, encontrando cada estocada com um movimento de seus quadris. — Isso mesmo, baby. Podemos parar a qualquer momento. — Ele beijou seu pescoço, roçou os dentes sobre seu ombro, e sua respiração foi de tênue para cheia de luxúria, rápida e ansiosa. — Você comanda essa situação, baby. Me diga quando estiver pronta.

Ela encostou a cabeça em seu ombro.

— Estou pronta.

Ele se retirou com cuidado, lavando a mão antes de guiar o pau em sua entrada, recebendo outro suspiro agudo.

— Só por um minuto, baby. Lubrificação.

Sua boceta estava tão apertada devido à estimulação anal que ele poderia ter permanecido enterrado ali pelo resto do dia. Mas ela estava lhe dando um presente, uma chance de estar mais perto dela do que jamais imaginou, e ele queria isso mais do que tudo. A água quente caía sobre eles quando Mick se retirou de entre suas pernas e posicionou a cabeça do pau na entrada mais apertada. Ela enrolou os dedos nos dele, enquanto Mick a penetrava. Ela inspirou profundamente.

— É demais?

— Sim — ela disse, e ele parou. — Não. Continue.

Ele penetrou mais fundo, e ela gritou. Ele paralisou, meio enterrado.

— Vamos parar.

— Não! Continue — ela ofegou.

Ele envolveu a outra mão em sua cintura e a penetrou com um único impulso rápido, até estar completamente dentro dela.

— Ai, ai! Não pare. Não pare.

Doeu ouvir a dor misturada ao desejo em sua voz e, por um instante, ele permaneceu imóvel.

— Por favor, não pare, Mick.

— Está bem, baby. Eu odeio te machucar. — Ele beijou a parte de trás do seu pescoço, e Amanda se pressionou contra ele.

— Eu sei — ela disse. — Não pare.

Ele se moveu devagar, dando a ela a chance de se acostumar com a plenitude, a ardência.

— Ainda está comigo?

— Sim. Sim, tão bom.

— Isso mesmo, baby. Você é tão gostosa… vou fazer isso ficar ainda melhor. — Ele moveu a mão dela da cintura para entre as pernas.

— Ah, caramba — ela disse com uma voz inebriante. — Isso… Uau. A dor.

Mick parou novamente, devastado.

— Amanda…

Ela abaixou a cabeça entre os ombros.

— Não pare. Eu não esperava gostar disso.

Alívio e algo muito maior, muito mais significativo, o envolveu. Ele se recusava a nomear as emoções, mas se permitiu senti-las e reconhecer sua presença avassaladora.

— Ótimo, baby. Agora vamos te fazer gozar.

Ele se deleitou com os doces sons de rendição que escapavam de seus lábios quando ela gozou e com a explosão de seu próprio prazer quando a seguiu até o limite. Mick a envolveu com os braços ao redor de sua cintura, beijou sua bochecha, ombro, pescoço, qualquer lugar que pudesse alcançar. Ele a tranquilizou, disse o quanto ela era incrível. Ele queria tudo dela, coração e alma, mas era prisioneiro de sua consciência. Ela não era sua além deste fim de semana, e pensar que ela poderia ser lhes causaria um mundo de dor. Ele afastou o pensamento possessivo, para baixo do vazio que era seu companheiro por tempo demais, em um poço de escuridão sem fim.

Se ao menos ele tivesse uma tampa e correntes para mantê-lo lá.

Capítulo nove

O FESTIVAL DE outono estava a todo vapor quando Mick e Amanda finalmente chegaram ao parque de diversões. Balões coloridos balançavam nos cantos de grandes tendas brancos, como confetes jogados do céu. Uma brisa fresca soprava do lago, trazendo sons de famílias se divertindo à beira da praia e de pessoas rindo, conversando, tomando sorvete, e comendo cupcakes e algodão-doce cor-de-rosa. Adolescentes riam juntas, observando garotos mal-humorados e arrogantes, cheios de vida e da invencibilidade da juventude. Amanda esperou ficar extremamente envergonhada depois do que fizeram no chuveiro, mas durante todo o almoço ela esperou pela humilhação, que não veio. Estava tão aliviada quanto confusa. Como estar com ele podia parecer tão certo e ainda ser temporário?

Eles passearam por entre as tendas, se maravilhando com as artes e artesanatos, e ouvindo a música vinda do palco. Ela estava totalmente imersa na fantasia que ele criou para ela, trazendo-a para essa bela cidade pequena, para a segurança de seus braços e permitindo que ela explorasse partes de si que nunca imaginou *querer* explorar. Com Mick, parecia natural querer experimentar cada sensação que pudesse, estar o mais próximo que duas pessoas poderiam estar. Ele era um banquete para seu corpo, sua mente e seu coração, independentemente das limitações que ele impôs. E ele era ainda mais misterioso para ela agora do que quando usava uma máscara. Ele era carinhoso e gentil, mas visceral e, às vezes, um pouco controlador. Ela notou que, juntamente com seu lado mais agressivo, vinha uma ternura cuidadosa, quando a verificava com frequência para se certificar de que estava bem, e era uma combinação cativante. Como uma pantera elegante e poderosa expondo seu ventre macio. Ele cumpriu sua promessa de mimá-la depois de satisfazer seus desejos surpreendentemente maliciosos. Mick a cobriu de beijos, a acalmou com palavras de conforto e elogios doces, e deu banho nela com tanto amor, que Amanda não sabia como ele conseguiria fingir melhor do que ela seria capaz na segunda-feira.

Mick apertou o braço ao seu redor e pressionou os lábios em sua têmpora, levando-a em direção a outra tenda. Acima da entrada, havia um banner dourado com a inscrição *La Love* em letras pretas no centro que tremulava com a brisa.

— Oi, pessoal. Bem-vindos à La Love — uma morena bonita disse por trás de uma vitrine de joias. Ela deu um segundo olhar quando viu Amanda. — Adorei a sua blusa. Onde você comprou? Na Misty's? Ouvi dizer que chegou a nova coleção de outono, mas não tive tempo de passar lá para ver.

Amanda estava usando jeans e blusa de seda pêssego de decote largo. O decote ia até os ombros, o que Mick disse que a deixava *luxuosa e sexy*.

— Obrigada. Nunca fui à Misty's. Sou de Nova York e comprei na Filene's Basement. — Ela estendeu o braço. — Sinta como é macia. Foi uma pechincha, com setenta por cento de desconto.

A mulher tocou a blusa e sorriu.

— Humm. Isso não é delicioso? — Ela sorriu para Mick, que estava olhando atentamente para uma vitrine de colares. —

Aposto que ele também acha.

Mick desviou seus olhos maliciosamente escuros para Amanda.

— Ela é deliciosa.

Amanda sentiu as bochechas esquentarem e se ocupou examinando os brincos. Estava tentando muito não interpretar demais as coisas que ele dizia e fazia, mas como não deveria interpretar *aquilo*?

— Vocês dois são muito fofos. Sou a Heaven. Heaven Love — a morena disse.

— Sou Amanda, e este é o Mick. Aliás, é um ótimo nome — ela respondeu, se referindo a tradução do nome de Heaven, que era algo como Amor Celestial.

— Graças aos anos setenta, nossa mãe nos deu nomes pitorescos. — Heaven deu de ombros. — Vocês estão na cidade para o festival, ou vieram para um fim de semana romântico e tiveram sorte?

Mick estendeu a mão para ela, e Amanda soube que ele ia dizer algo que a faria corar. Ela lhe deu seu melhor olhar de *nem pense nisso*.

Sua expressão mudou de travessa para... *adoradora*?

Ela precisava de ar. Muito ar. Talvez uma máscara ou uma câmara de oxigênio. Isso poderia resolver. Ela apontou para o centro comunitário do outro lado do terreno.

— Vou ao banheiro feminino. Já volto.

— Eu te acompanho — Mick ofereceu.

— Não! Quero dizer, obrigada, mas está tudo bem. Eu já volto. — Ela saiu correndo da tenda, respirou fundo e seguiu direto para o banheiro feminino.

Ao entrar, pegou o celular no bolso e ligou para a Ally. *Atenda. Atenda.*

— E aí? — Ally respondeu.

— E aí que preciso do seu conselho. Acho que estraguei tudo.

— Você nunca estraga tudo. Você *tropeça*. Eu caio de bunda.

— É mesmo? — Amanda riu. — Bem, adivinha só? Minha bunda levou uma surra. — *Literalmente.* — Al, posso te contar uma coisa sem que você conte ao Heath?

— Eu sou sua irmã. Você pode me contar qualquer coisa.

Amanda se encolheu ao dizer:

— Estou com o Mick.

— *O seu chefe?* Ele é o seu homem misterioso?

— Aham. Temos um acordo. Apenas este fim de semana e nunca mais falaremos sobre isso. Eu pensei… acho… que consigo fazer isso. Mas preciso de ajuda. Estou vendo coisas que não existem. Olhares. Interpretando demais as coisas que ele diz. Como se evita isso? — Exceto talvez fossem reais. Ele disse que a queria. *Para o fim de semana.*

Argh! Ela estava tão confusa!

— Não se dorme com o homem que você quer há, ah, não sei, *três* anos!

— Eu sei, eu sei, eu sei. — Ela andou de um lado para o outro, sabendo que estava envolvida demais para enxergar qualquer coisa. Mas poderia tentar. Precisava tentar. — Mas *já* passei disso. Apenas me diga como. É tudo o que preciso.

— Meu Deus, Mandy. E o seu trabalho? Isso não se parece com você. Não é à toa que você não me contou. Eu teria te algemado, com certeza.

— Eu sei. Ally, por favor? Não me julgue. Apenas me diga como tirar esses óculos cor de rosa.

— Há maneiras infalíveis de manter a cabeça no lugar, mas

nenhuma delas vai funcionar, porque você está dormindo com o cara que você *quer*. — Ela gritou a palavra *quer*. — Nunca mais deixo você tentar algo arriscado sozinha.

— Mas o livro dizia...

— O livro? — Ally gritou. — Queime esse livro estúpido. A culpa é minha. Eu deveria ter estado com você em cada passo do caminho.

— Teria sido estranho no chuveiro quando estávamos...

— Pare! — Ally riu. — Tudo bem, olha. Você é toda racional e pensa de forma lógica, então siga por esse caminho.

— Sim, isso foi por água abaixo no segundo em que nos beijamos, então você tem alguma outra carta na manga? Pílulas mágicas que vão me transformar em uma vadia fria e sem sentimentos, ou algo assim?

— Meu Deus, Mandy. Você se apaixonou perdidamente.

— Não me diga, irmã. Ajuda?

— Nada de poções de vadia, mas existe a coisa óbvia que tenho certeza de que você já considerou. Você vai perder seu emprego se não conseguir se controlar. Meu Deus, como você vai trabalhar com ele?

— Trabalho com ele há três anos e o quis praticamente esse tempo todo, então qual é a diferença?

Ally suspirou.

— Você não pode jogar com um jogador.

Sua irmã a enxergava claramente.

— Eu sei. A verdade é que eu já decidi que tenho que largar o emprego.

— Ah, Mandy — Ally falou com empatia. — Queria saber como ajudar, mas você está ultrapassando limites que nunca ultrapassei.

— Então, sem segredos para mim, né? Estou por conta

própria?

— Acho que estou em choque. Você não está por conta própria. Estou aqui para você, mas vou ter que pensar em como lidar com isso.

Ela sabia que seria assim, mas se sentia melhor confessando tudo para Ally e ouvindo-a dizer que estaria ao seu lado quando tudo desmoronasse… o que aconteceria quando voltassem para o mundo real novamente.

— Certo. Tenho que ir. Deixei ele lá fora e saí como um raio.

— Espere! — Ally disse. — Tenho uma ideia. Lembra quando nossos pais nos pegaram saindo escondidas no seu segundo ano, quando você quis ir ver aquele idiota, como era o nome dele mesmo?

Amanda sorriu com a lembrança.

— Martin. Lembro. *Apertões?* Você acha que vai funcionar?

— Aquilo sempre apagava aquele sorriso arrogante do seu rosto.

— Você é um gênio, Al. Me desculpe por não ter contado sobre o Mick.

— Tudo bem. Pelo menos eu sei que ele nunca te machucaria fisicamente, o que, aliás, eu vou fazer quando te vir na segunda à noite, então esteja preparada.

— Também te amo, irmã. — Ela encerrou a ligação, pensando na sugestão de Ally.

Apertões. Sempre que seus pais as pegavam saindo escondidas para ver Martin, ela sorria, porque ele era bonito e engraçado, e sair escondido era emocionante. Mas seu sorriso a denunciava, e os pais sabiam que a história delas sobre dar uma volta à luz da lua era mentira – sempre. Ally começou a dar um pequeno apertão em Amanda sempre que eram pegas, o que era suficiente para trazê-la de volta à realidade e dava tempo a elas para formular novas desculpas. *Perfeito.*

Ela abriu a porta do banheiro e se dirigiu à tenda de joias em busca de Mick.

— Amanda!

Ela se virou para a voz de Mick, e seu coração quase parou ao vê-lo carregar um menininho nos ombros. Um braço envolvia o bumbum do menino, e o outro estava apoiado no ombro de uma loira muito atraente. A loira sorria para a criança. Eles poderiam ter saído direto da revista *Family Circle*, se não fosse pelo fato de que os olhos de Mick estavam fixos nela, com aquele olhar que ela tinha certeza ter nascido de suas esperanças, sonhos e todas as coisas pecaminosas.

Ela não sabia quem eram a mulher e a criança, e deveria estar cheia de ciúmes, mas aquele olhar atrapalhou. Ele se enraizou em seu coração, o calor se espalhou em sua mente. Ela conseguiu dar um meio sorriso, um olhar de "ah, merda", escondeu as mãos atrás das costas e colocou seu *plano para colocar a cabeça no lugar em ação.*

Apertão. Apertão. Apertão.

UM NÓ SE formou na garganta de Mick quando ele e Bridgette se aproximaram de Amanda. Quando ela correu para o banheiro, ele ficou com receio de que tudo aquilo tivesse sido demais para ela... a intimidade deles, seus comentários, que eram destinados a enviar uma mensagem secreta e sexy. Agora, seus olhos estavam cautelosos, trazendo pensamentos ainda mais inquietantes.

— Quem é ela? — o filho de quatro anos de Bridgette, Louie, perguntou do topo dos ombros de Mick, lembrando-o de que Amanda não sabia quem eram seus amigos.

Ela poderia estar com ciúmes? Isso lhe trouxe um sorriso verdadeiro.

— Essa é minha amiga Amanda — ele disse para Louie. Ele nunca a chamou de amiga antes. Com colegas de trabalho, ele se referia a ela como sua assistente jurídica ou funcionária, ambos termos seguros. Com Willow, ele não a rotulou, mas definiu o relacionamento deles como parceiros de pesquisa. Essas descrições definiam um grau de separação que, até ontem, ele havia respeitado e o ajudaram a se conter. Mas nenhuma dessas descrições se encaixava nesse fim de semana, e amiga nem começava a descrever seus sentimentos por ela.

Bridgette se aproximou dele.

— Amiga? Não é o que Willow disse. Aliás, ela é deslumbrante.

Sim, ele sabia. Deslumbrante, doce, encantadora, inteligente, sensual. Caramba, se ele acreditasse em felizes para sempre, acrescentaria "permanentemente sua" à lista. Mas ver Bridgette e Louie só reforçava que o para sempre era uma fantasia. Bridgette perdeu o amor de sua vida, seu primeiro e único amor, o pai de Louie, quando ele era apenas um bebê.

— Oi, *Manda*! Eu sou o Louie.

A expressão cautelosa de Amanda suavizou, e ela sorriu para Louie.

— Oi. Está se divertindo aí em cima?

Louie riu.

— Sim! Estou passeando no colo do Mick!

O rubor que cobriu nas bochechas de Amanda disse a Mick que ela estava pensando em como ela já tinha aproveitado aquele passeio, da mesma forma que ele. Talvez tenha sido ciúme o que ele viu afinal.

— Amanda, essa é a Bridgette, irmã da Willow. Louie é filho dela.

— Oi — Amanda disse. — É um prazer conhecer vocês dois.

Bridgette a abraçou.

— A Willow me disse que encontrou vocês mais cedo e, assim que o Louie soube que o Mick estava aqui, ele *teve* que vir encontrá-lo. — Ela estendeu os braços em direção ao menino. — Vamos lá, amigão. Vamos pegar um cupcake com a tia Willow.

Mick levantou Louie de seus ombros, e o menininho jogou os braços em volta de seu pescoço.

— Vou te ver antes de você ir para casa?

— Não tenho certeza, amigão. — Mick o abraçou com força, captando o olhar sonhador no rosto de Amanda, o que despertou todas aquelas emoções conflitantes novamente. — Mas eu trouxe uma coisinha para você.

Louie segurou as bochechas de Mick e pressionou seus lábios pequeninos contra as dele.

— Obrigado!

Todos riram.

— Você nem sabe o que é ainda.

— Não importa. A mamãe diz que devemos agradecer às pessoas por pensarem em nós. — Louie sorriu para Bridgette e disse: — O Logan me traz cartas de beisebol, então ele ganha agradecimento extra.

Mick colocou o menino no chão e encontrou o sorriso comovente de Bridgette. Seu marido colecionava figurinhas de beisebol, e ela ficou profundamente tocada quando Logan começou a trazê-las para Louie. Mas aquilo era *coisa* dos dois e, embora Mick adorasse trazer presentes para seu amiguinho, ele nunca se colocaria no meio de algo de Logan.

Ele tirou uma gaita do bolso de trás e entregou a Louie.

— Isso pode não ser tão legal quanto figurinhas de beisebol, mas espero que você se divirta com ela.

Louie pulou para cima e para baixo e jogou os braços em volta das pernas de Mick.

— Obrigado, obrigado, obrigado!

Os olhos de Amanda se encheram de algo doce e maternal. Ele se agachou para evitar as emoções que se despertaram nele e mostrou a Louie como usar seu novo brinquedo.

— Você seria um ótimo pai — Bridgette disse em tom enfático.

— Bridge — Mick avisou. Eles já passaram por isso. Ela sabia que ele havia jurado não ter família, mas ela nunca deixava de apontar o quanto ele seria um ótimo pai. Ele teve um ótimo pai uma vez, e viu aquele homem se tornar tudo, menos isso. A maçã não caía longe da árvore, e ele não estava disposto a se colocar, ou a qualquer outra pessoa, nesse tipo de pesadelo.

Bridgette revirou os olhos.

Amanda franziu o cenho.

— É melhor irmos mesmo desta vez, antes que uma certa pessoinha decida que precisa de mais de M-I-C-K. — Bridgette abraçou Amanda. — Foi bom conhecê-la. Espero te ver de novo algum dia.

— Fico feliz por termos tido a chance de nos conhecer. — Amanda se virou para Louie, que estava girando em círculos enquanto soprava a gaita. — Divirta-se fazendo música, Louie.

— Eu vou! — ele gritou, sua mãe segurou sua mão e eles seguiram em direção às barracas.

— Fala sério, que fofura! — Amanda exclamou. — Onde você conseguiu a gaita?

— Eu sempre trago um presentinho para ele. Comprei quando paramos para abastecer no caminho para cá. — Ele segurou a mão dela. Apesar do sorriso largo e olhos brilhantes, ele ainda estava pensando na expressão inquieta que tinha visto antes, e precisava saber se ela estava se sentindo arrependida.

— Você não parecia feliz antes — ele disse, com cautela. — Está tendo dúvidas? Quer falar sobre o que fizemos? Sobre qualquer coisa?

Ela balançou a cabeça, mas a expressão de inquietação voltou. Ele se aproximou e ela olhou para baixo. Ele curvou um dedo debaixo do queixo dela, levantando seu lindo rosto.

— O que fizemos foi intenso e não planejado. Se ultrapassarmos muitos limites, você precisa me dizer.

Ela soltou as mãos das dele e a levou para trás das costas.

— Eu te pedi para fazer.

— Baby, o que dizemos no calor do momento, quando tudo parece certo, pode parecer completamente diferente depois. Se for o caso, você precisa me dizer. Eu posso ser seu brinquedo sexual pelo fim de semana, mas não há pilhas para remover e me desligar. Tenho vontade própria e, se eu souber que você não gosta ou se arrepende de algo, vou saber melhor como lidar com outras coisas. — Ele acariciou a bochecha dela com o polegar, e um sorriso curvou seus lábios. — Você mexe com minha mente sacana, então é importante que confiemos um no outro. Preciso saber como você realmente se sente.

Os olhos dela ficaram vidrados, enchendo-o de uma angústia premonitória.

— Amanda?

— Hum?

— Parece que você vai chorar. — Ele a envolveu em seus braços. — Merda, baby. Desculpe. Eu deveria saber que era demais.

Ela se afastou de seus braços com uma exalação frustrada.

— Eu não vou chorar, e não foi demais. Eu só arranhei meu braço por acidente.

Arranhou o braço? Tinha uma marquinha rosa em seu braço.

— Tem certeza?

— Sim — ela retrucou. — Estou bem com o que fizemos. Eu gostei. Caramba, Mick, eu amei. Só estou processando tudo. Você. Eu. O que fizemos. O que estamos fazendo. A loucura que está acontecendo dentro de mim.

Ele passou a mão pelos cabelos, observando-a enquanto ela o olhava. Ela cruzou os braços e o encarou com um olhar sério. Um olhar muito sensual. Ele sentiu os lábios se curvarem, os dela fizeram o mesmo, e a expressão brincalhona mexendo com seu coração.

— Não sei o que fazer com isso. — Ele riu.

O sorriso dela se alargou.

— Acha que eu sei?

— Se estou te lendo direito, acho que não, mas você está mexendo com a minha cabeça. — Ele a puxou para perto novamente, e ela envolveu os braços em seu pescoço, rindo baixinho. A doce melodia fez sua cabeça girar ainda mais. — Eu deveria te despir e te tomar aqui mesmo, só por mexer comigo.

— Ah, não. — A voz dela ficou séria. — Você é um daqueles, como se chamam? Aqueles homens que gostam de punir garotas?

— *Jesus.* Eu *pareço* um desses caras?

— Como vou saber? Você é o professor. Sou apenas a aluna.

— Você não é *apenas* nada. E você não é aluna, Amanda. Não sei o que você é, mas não é isso. — Ele pressionou os lábios nos dela em um beijo casto. — Para responder à sua pergunta, não, não sou um dom, mas ficaria feliz em te dar uns tapas se você gostar desse tipo de coisa. — Ele ergueu as sobrancelhas.

— Aposto que sim.

Ela o deixava tão confuso, que ele não tinha certeza se estava entendendo alguma coisa direito, tornando ainda mais importante esclarecer o que se passava na cabeça dela.

— Como está indo o processamento? Você quer mudar de marcha e diminuir o ritmo? Passar o resto do fim de semana como amigos?

— Você disse a Bridgette e Louie que éramos amigos. Não vejo diferença, doutor. — O desafio em sua voz era novo e emocionante.

— Bem, então… — Ele passou um braço sobre o ombro dela, gostando tanto da sensação, que decidiu que ela pertencia ali. Pelo menos durante o fim de semana. — Deixe-me reformular a pergunta. Você ainda quer transar ou não?

— Ah, era isso que você queria dizer? — A inocência fingida revestia cada palavra. — Afirmativo. Quer dizer, a menos que algum outro cara gato chame minha atenção no bar hoje à noite.

O ciúme o consumiu.

— É esse o jogo que estamos jogando agora?

— Uma garota precisa manter suas opções em aberto. E você perdeu a parte em que eu te chamei de gato? Droga, suas habilidades de audição deixam um pouco a desejar. Você obviamente não teve o melhor professor.

— Cuidado. Você está me deixando excitado com seu jeito espertinho. — Tudo o que ela fazia o deixava excitado e o virava do avesso na mesma medida. Ele precisava aliviar seus pensa-

mentos e se dirigiu ao estacionamento em vez do festival. —
Que tal esquecermos o festival e darmos uma volta de moto?

— Você tem moto? Não me lembro de ter ouvido falar disso
durante o interrogatório inicial — ela provocou. — Meu chefe
me alertou sobre advogados espertinhos como você.

Ele provavelmente deveria ter alertado a *si mesmo* sobre *ela*,
porque quanto mais tempo passavam juntos, mais ele desejava
que a segunda-feira nunca chegasse.

Capítulo dez

MICK NÃO TINHA apenas uma motocicleta. Ele tinha uma motocicleta Indian preta e brilhante. O nome não significava nada para Amanda, mas ver Mick montado na poderosa máquina era a coisa mais sexy que ela já viu. Ela amava sentir seus músculos se flexionando e o calor em suas costas enquanto se agarrava a ele durante a subida da montanha. O rugido da moto a encheu de adrenalina. O ar frio da noite era tão chocante quanto emocionante, penetrando sua blusa e tocando a pele por baixo. Andar na garupa da motocicleta fazia o mundo inteiro parecer diferente. As árvores pareciam mais brilhantes, os cheiros mais intensos e o asfalto já não era apenas uma estrada, mas um caminho para a liberdade. Amanda se sentia livre, mas não imprudente, o que ela atribuiu a Mick. Ele era cuidadoso com ela, a mantinha firme, explicava as regras de trânsito e sinais caso ela ficasse com medo. Ele dirigia como se fosse *dono* da estrada.

Ele saiu da estrada principal e seguiu por uma estreita, que mais parecia uma trilha, cercada por árvores. O sol estava começando a se pôr, lançando um tom azulado através das árvores. O cheiro de pinho e terra úmida encheu seus pulmões. A moto desacelerou quando chegaram à beira da floresta. O coração de Amanda continuou batendo forte mesmo depois que ele desligou o motor.

Levou alguns minutos para o rugido da moto silenciar em sua cabeça, permitindo que os sons da floresta entrassem. Os galhos balançavam acima; folhas rodopiavam pela grama e terra. Mick desmontou da moto e tirou o capacete. Ele balançou os cabelos, e Amanda sentiu como se estivesse assistindo a uma cena de um filme feito só para ela. *Mick Bad, Super Gato.* Ele curvou os lábios em um sorriso delicioso enquanto pegava o celular do bolso. A barba ficou mais espessa ao longo da noite, e ele parecia ainda mais como na noite do bar. Quanto mais tempo passavam juntos fora do escritório, mais difícil era imaginá-lo de terno e gravata, com a máscara de profissionalismo bem colocada.

Ele levantou o celular.

— Você está incrível. Quero uma foto sua na minha moto.

— Espere. — Ela alcançou o capacete, tentando tirá-lo, e ele a deteve com um brilho pensativo nos olhos. Ele abaixou sua mão e tirou a foto.

— Nosso segredinho — ele prometeu. Ele a ajudou a tirar o capacete e a ergueu da moto como se cinquenta e seis quilos não fossem nada.

Ela gostou de saber que ele queria ter algo para se lembrar do tempo que passaram juntos. Isso lhe deu a liberdade de pedir o mesmo.

— Posso tirar uma foto sua para eu ter uma também? — ela perguntou.

Ele a puxou para seu lado e estendeu o celular para tirar uma selfie dos dois.

— Diga xis, baby. — Ele beijou sua bochecha enquanto tirava a foto. Ela se virou e ele beijou seus lábios, tirando mais algumas fotos, que ela tinha certeza de que a capturaram em uma série de expressões entre chocada e encantada.

Seu coração deu uma cambalhota no peito. Ela estava, pela primeira vez em muito tempo, realmente feliz com um homem. Não queria se preocupar com depois, amanhã ou segunda-feira. Só queria se deleitar com o que tinham agora e esperar que durasse para sempre.

— Vou te enviar por mensagem. Vamos lá, quero te mostrar uma coisa. — Ele segurou sua mão e eles caminharam até um mirante. Colinas rochosas pontilhadas de árvores densas mapeavam a encosta das montanhas. Sweetwater estava aninhada em um vale abaixo. O lago refletia o pôr do sol como vidro negro, e estradas sinuosas atravessavam a pequena cidade, desaparecendo além dos picos e vales. Ela pensou no ar poluído da cidade, cheio do aroma pungente de escapamento e sujeira, e os sons agressivos e avassaladores de muitas pessoas.

Ela inspirou o ar fresco da montanha e se sentou na grama ao lado de Mick.

Ele apontou para a incrível vista.

— Sua vista de cartão postal de Sweetwater.

Ela se perguntou se ele usou a palavra *cartão postal* porque ela havia mencionado a caminho da cidade ou se foi uma coincidência. Ele apoiou a mão na perna dela e sorriu. Seu olhar pensativo lhe deu a resposta. Ela não conseguia imaginar nada mais perfeito do que compartilhar esse momento incrivelmente pitoresco com ele. Quando ele a abraçou, pareceu natural apoiar a cabeça nele.

— Você tem uma vida boa aqui. Willow e Bridgette parecem maravilhosas, e o Louie é adorável. Você vem aqui com frequência?

— Não venho tanto quanto gostaria — ele disse. Ele levantou o celular e tirou outra foto deles, depois o virou para a vista e tirou mais algumas fotos.

Ele começou a enviar as fotos para ela, e Amanda o analisou cuidadosamente: o homem, o advogado, o mistério.

— E se você arranjar uma namorada curiosa? — ela perguntou, admitindo estar buscando pistas sobre sua posição firme em relação a relacionamentos. — Você não está preocupado que alguém possa ver essas fotos?

Ele enfiou o celular no bolso e olhou o pôr do sol.

— Isso não vai acontecer.

— Por quê? Você é mais bonito que qualquer ator, um advogado brilhante e uma máquina do sexo que dirige uma moto. Suas clientes se vestem como se fossem te devorar no escritório. Por que você se impede de encontrar a *pessoa certa*?

Ele riu.

— Uma máquina do sexo que dirige uma moto?

O fato de ele não ter caído na isca não passou despercebido.

— Não é que eu queira inflar seu ego ou algo assim, mas sim.

— Obrigado, baby, mas não estou interessado em relacionamentos. Eu te disse isso. — Ele olhou para o pôr do sol novamente.

Ela não ia desistir com tanta facilidade.

— Por quê?

— Eu poderia te fazer a mesma pergunta — ele comentou.

— Eu quero um relacionamento. — Ela se recostou, apoiando nas palmas das mãos e suspirou. — Quero tudo. Um trabalho que eu goste, um *homem* que me faça feliz. Uma vida estável e interessante, sexy e divertida. Quero olhar para o meu marido e saber, sem sombra de dúvida, que sou a única que ele quer. A *pessoa certa*, não importa o que aconteça.

Ela se sentou e cruzou as pernas, percebendo que estava sendo honesta, sem se preocupar com o que ele pensava dela por causa disso, e decidiu contar tudo. Ela arrancou algumas folhas de grama, de repente nervosa com a perspectiva.

— Quero um homem que me ame o suficiente para ficar na estrada com um aparelho de som na mão para que todo mundo veja, ou que apareça na minha porta com cartazes proclamando seu amor.

— John Cusack e Andrew Lincoln. Você quer amor de filme romântico.

— Não acredito que você saiba disso. Não imaginei que você fosse um cara que assistia a filmes românticos.

— Eu nunca os vi, mas você teria que viver numa caverna para não ter ouvido falar dessas cenas.

Ele puxou os joelhos para cima e apoiou os antebraços neles, olhando para frente, com as sobrancelhas franzidas. Amanda sempre foi fascinada pela forma como a mente dele funcionava, e ela reconheceu o modo como os olhos dele se estreitavam, a mandíbula se contraía e o ar ao redor dele pulsava com profunda concentração. Ele entrou no modo advogado. No tribunal, essa era a máscara que ele usava nos momentos entre saber seu próximo passo e mudá-lo para ganhar um caso. Ele chamava esses silêncios contemplativos de *ascensão*. Outros advogados seguiam seus roteiros. Eles planejavam estratégias e as seguia até o fim. Mick era tão fluido no tribunal quanto na cama, abandonando seu plano para encontrar o caminho certo, o ângulo certo, *o toque certo*, para garantir a vitória. Saber disso sobre ele lhe trouxe um sorriso, mas que não durou muito, porque em breve ela não o veria mais no tribunal, no escritório ou em qualquer outro lugar.

— Romance de cinema é a sua cara — ele disse distraído —, e você deveria tê-lo.

— Antes de a Ally conhecer o Heath, ela costumava me

provocar por querer isso. Ela dizia que não era real, mas agora ela acredita no amor verdadeiro.

— Não sabia disso sobre ela. — Ele se virou com uma expressão séria. — Por que ela não acreditava no amor?

Amanda deu de ombros.

— Você sabe que ela foi magoada. Um dos meus momentos *tristes* — ela o lembrou. — Aquilo a destroçou, e achei que ninguém poderia curar essa ferida até que o Heath apareceu.

— Por que você acha isso? Por que o Heath? Ele é um cara incrível, mas o que havia nele? — Seu tom lembrava uma inquisição e ela se perguntou por que ele estava tão curioso.

— Acho que o Heath era exatamente o que ela precisava naquele momento da vida dela. Ele a *entendeu*. Nenhum dos dois estava em busca de relacionamentos e, de alguma forma, ele a fez se sentir segura, sexy e feliz, e ela o fazia sentir… — Uma coisa era compartilhar seus próprios sentimentos, mas ela percebeu que não era certo compartilhar os de Ally. — Acredito que quando se encontra alguém que dá um *click*, quando encontra a *pessoa certa*, se sabe, e a Ally soube desde o início. — *Eu sei há muito tempo, mas agora tenho ainda mais certeza. E tenho certeza igual de que dizer isso a você seria perigoso.*

Ele desviou o olhar novamente, assentindo como se concordasse.

— E você? Por que você não vê um relacionamento no seu futuro? — Ela arrancou mais algumas folhas de grama e as esfarelou.

Ele fez uma careta.

— Eu concordo com a antiga Ally. O amor é uma fantasia. É por isso que fazem filmes sobre isso, porque a vida real não é assim. — Ele a olhou com curiosidade. — Pelo menos para a maioria das pessoas. Espero que você encontre isso.

Ela estava começando a ver uma correlação entre as crenças anteriores de Mick e Ally, mas não sabia por que, e se perguntou se ele já teve o coração partido por uma mulher no passado. Embora não fosse a perguntar a ele. Em vez disso, ela debateu sua crença.

— Meus pais são casados há séculos, e acho que eles são realmente felizes.

— Você conhece as estatísticas de divórcio. Vida, amor, trabalho. Tudo é transitório. Tudo muda.

— Mas... — *Mas o quê? Eu quero que você queira um relacionamento?* Isso seria a coisa mais estúpida a dizer, porque as pessoas não mudavam. Mas sua irmã e Heath provaram que podiam, e, de acordo com Mick, tudo mudava. Ainda assim, seria a coisa mais estúpida a dizer, como cutucar um urso.

— E seus pais? — ela perguntou. — Eles ainda estão juntos?

— Nem perto disso. — Ele esticou as pernas, cruzou-as e se apoiou nas mãos. Linhas de preocupação apareceram em sua testa.

— Sinto muito. Eu não sabia.

— É melhor assim.

— Por quê? Eles brigavam muito?

Ele se remexeu novamente, claramente agitado. Ela esperava que ele dissesse que a conversa estava terminada.

— No começo, não — ele admitiu. — Mas a vida tem um jeito de separar as pessoas.

Ela pôde perceber pela tensão em sua mandíbula que ele estava chegando ao limite, mas ela chegou muito longe. Não ia deixar isso de lado sem dizer o que pensava.

— Claro que sim, mas as pessoas lutam contra isso quando se amam. Sempre há coisas boas e ruins. É o que compõe um relacionamento, não é? Nem sempre pode ser bom o tempo todo. Essa é a diferença entre amor e paixão. O amor perdura. A paixão é passageira.

MICK TENTOU CONTER a frustração que se seguiu aos pensamentos de sua juventude, mas suas emoções estavam a flor da pele. Se sentia como um graveto prestes a quebrar sob o peso de um urso.

— Você é ingênua — disse com rudeza. — Nunca imaginei que você fosse ingênua.

Amanda se endireitou.

— Não sou ingênua, e isso não é uma coisa muito legal de se dizer.

— Não estou tentando ser mau, Amanda. Mas você viveu uma vida perfeita, com uma família que te adora. Mãe, pai e duas meninas perfeitas. A vida não é assim para todo mundo.

— Dificilmente somos uma família perfeita, mas mesmo assim, pessoas sem vidas perfeitas ainda se apaixonam. Olhe para o Heath e a Ally. O pai do Heath foi assassinado. A mãe foi espancada e ficou cega. Isso não é perfeição, e ele ama muito a Ally. Acredito que o amor pode durar e que pode superar qualquer coisa, mesmo que soe ingênuo.

Ele cerrou os dentes para se impedir de contar a verdade, mas ela saiu mesmo assim.

— E os pais do Heath? A mãe dele perdeu o homem que ela adorava. Nada dura. Todos nós morremos, e a morte muda aqueles que ficam para trás.

Ela se aproximou quando deveria estar correndo na direção oposta, e olhou para ele com tanta compaixão que ele a sentiu ao seu redor. Seu interior se encolheu, lutando contra os esforços dela para fazê-lo se abrir... e seu coração lutava por uma chance do que ele nunca teve ou desejou antes.

— Você perdeu alguém que amava? — ela perguntou.

Merda. Isso não era algo que ele queria discutir. Ele se virou, esperando que ela pegasse a dica. Ela se aproximou ainda mais, seus corpos se unindo no quadril, na coxa e no ombro, mas não disse nada. Ela não precisava. Compaixão e preocupação emanavam dela e o acariciavam como um carinho. Uma cacofonia da natureza preencheu o silêncio enquanto eles se perdiam no pôr do sol. Minutos se passaram, dez, vinte? Ele não tinha certeza de quanto tempo, mas foi o suficiente para perceber que ela aliviou a pressão em seu peito simplesmente ao permanecer ao seu lado.

Ele segurou a mão dela. Era tão pequena e delicada que ele poderia esconder na sua. Ela era delicada e, ainda assim, era mais forte do que ele, colocando o coração em risco. Ela já havia se entregado a ele de tantas maneiras, e agora estava dando ainda mais, e, por sua vez, ganhou algo que ele não sabia que estava em jogo: sua confiança.

Ele ajeitou uma mecha de cabelo atrás da orelha dela e acariciou sua bochecha. Pela primeira vez, quis compartilhar seu passado. Fugiu disso por tanto tempo que nem sabia como falar a respeito, mas quando olhou para Amanda, seu coração soube.

— Perdemos nossa irmã, Lorelei, para a leucemia quando ela tinha oito anos. — Ele não dizia o nome dela em voz alta há tantos anos, que queria envolvê-lo em seus braços e mantê-lo seguro. — Eu tinha quatorze anos.

Os olhos de Amanda se encheram de lágrimas.

— Sinto muito. Não consigo imaginar...

Ele limpou a garganta para falar por entre as emoções que o

obstruíam.

— Não contei isso para muitas pessoas. A família do Heath sabe porque crescemos juntos, e os Dalton sabem também. Quando o marido da Bridgette foi morto, todos nós a ajudamos a passar por isso. Mas não compartilhei com mais ninguém.

— Obrigada por confiar em mim, e sinto muito pela Bridgette e pelo Louie. Eu não sabia que ela tinha perdido o marido.

— Ela deu um beijo tão doce e caloroso nele, que Mick queria entrar nele e se esconder durante a noite. — Tudo bem se não quiser falar sobre isso.

— Não sei o que quero, mas isso é bom. Falar com você é bom. Nós nunca falamos sobre ela. Nenhum de nós fala. — Mick passou uma mão no rosto, tentando recuperar o controle de suas emoções. — Antes de perdê-la, éramos uma família grande, barulhenta e amorosa. Jantares em família, quatro garotos pestinhas com uma irmã para proteger. Sabíamos quem éramos. Depois a Lorelei ficou doente e tudo mudou muito rápido. Ela ficou cansada por um tempo, mas depois piorou. Meus pais pensaram que era gripe, mas ela começou a piorar rapidamente. Ficou muito fraca, com o nariz sangrando, sentindo dor. Meu Deus, parecia que o corpo dela doía o tempo todo. Depois veio o diagnóstico, quimioterapia, mais exames. Um dia ela teve uma erupção na pele e minha mãe a levou para um médico, e parecia que no dia seguinte estávamos em vigília em sua cama de hospital. E então as luzes se apagaram.

Seu peito se contraía com cada lembrança, mas ele continuou revelando uma após outra, porque, por mais doloroso que fosse falar sobre isso, era igualmente libertador. Ele manteve isso em segredo, como se o câncer da irmã se alimentasse disso, o derrubando junto com ela, o que ele sentia que merecia, então continuou alimentando-o ano após ano.

— Nós a perdemos — ele ofegou. — E cada um de nós perdeu uma parte de si mesmo. Minha mãe chorava dia e noite. Meu pai se afundou no trabalho, e meus irmãos e eu fizemos o que as crianças fazem quando os pais perdem o controle. Nós direcionamos a tristeza para dentro de nós, e ela nos consumiu. Não podíamos falar sobre isso, porque tínhamos medo de que nossos pais ouvissem ou que chorassem... e tínhamos o quê? De dez a quatorze anos? Não era uma idade boa para lidar com qualquer coisa, especialmente lágrimas. Era melhor ser forte e enterrar a dor.

Ela apertou sua mão, voltou os olhos para os dela e arrancou mais do seu passado das profundezas de sua alma.

— Um dia, acho que nossos pais não aguentaram mais o silêncio, e a relação deles explodiu. Foi o suficiente para que todos nós desmoronássemos. Cada um lidou com isso de forma diferente. A raiva do Dylan durou apenas algumas semanas, mas perder nossa irmã o mudou. Ele costumava ser um garoto que fazia qualquer um rir. Despreocupado, amigo de todos. Ficou mais frio, menos confiante, aprontou um pouco com o Heath e seus irmãos; todos nós aprontamos. O Carson não foi tão mal quanto o resto de nós. Você sabe o quanto ele é equilibrado. Ele teve cuidado para não se meter em muitos problemas, e se isolou em seu quarto por um ano. Foi quando ele aprendeu a hackear computadores. E o Brett?

Ele balançou a cabeça, surpreso com o quanto estava compartilhando e como não parecia estar rasgando suas entranhas, como aconteceu quando compartilhou isso com os Dalton.

— O Brett era o mais próximo em idade da Lorelei. Ela olhava para todos nós, mas desempenhávamos papéis diferentes em sua vida, como irmãos fazem. A Lorelei tinha um efeito calmante sobre Brett. Depois, ele se tornou mal-humorado, e à medida que ficou mais velho, esse mau humor se transformou em raiva.

Ele percebeu que Amanda tinha o mesmo efeito calmante sobre ele. Pensando sobre sua conexão, ele se virou, contemplando as faixas de roxo e azul cruzando o céu, vestígios do sol enquanto mergulhava atrás das montanhas. Amanda alimentava suas emoções como o sol alimentava as flores, e ele se sentia cada vez mais atraído por ela, ansiando por sua luz.

— E você? — ela perguntou.

— Sou o mais velho. O protetor. Tirava meus irmãos de casa quando nossos pais brigavam, dormia atento, caso eles precisassem de mim, e estive ao lado deles quando se metiam em encrenca. Eu os apoiava. Os afastava do perigo quando faziam algo estúpido, e à medida que ficavam mais velhos, limpava o vômito quando bebiam para entorpecer a dor. Quando Brett precisava dar uma surra em alguém, eu brigava com ele. Quando Dylan faltava aula, eu o arrastava de volta para a escola. Quando Carson parecia estar desaparecendo completamente, eu o forçava a voltar para a vida. — Ele deu de ombros. — E eu faria tudo de novo. Por qualquer um deles.

— Eles têm sorte de te ter. Não é de se admirar que vocês sejam tão unidos.

— É uma maravilha que tenhamos chegado a ser adultos respeitáveis. — Ele sorriu da piada que ele e seus irmãos contavam sempre.

— Foi por isso que seus pais se divorciaram?

Ele assentiu.

— Foi uma bênção e uma maldição. Me lembro de uma época em que eles se amavam, mas não foi o suficiente. O amor deles se tornou venenoso e, quando eu tinha dezesseis anos, piorou. Não era violento, mas volátil. Meus irmãos e eu tínhamos uma fortaleza na floresta. Tábuas de dois por quatro presas juntas com compensado. Coisa de crianças. Mas era nossa. Quando chovia ou nevava e as brigas ecoavam nas paredes, nos escondíamos lá. Uma noite, eu surtei. Eu já estava farto de correr, de me esconder, de não ter nenhum lugar que parecesse um lar. Deixei meus irmãos na fortaleza e confrontei meu pai.

— Aos dezesseis anos? — A voz dela se elevou de surpresa.

Ele assentiu.

— Eu estava com raiva, invencível, parado no limite de uma linha muito tênue entre a liberdade e a detenção, e tive sorte de meu pai não ter chutado meu traseiro. Ele sempre foi implacável, mas tinha se transformado em um cretino miserável. Nunca vou me esquecer daquela noite. Estava garoando e saímos sem nossos casacos. Eu estava encharcado, tremendo mais de raiva do que de frio, provavelmente, mas tremendo mesmo assim. Aos dezesseis anos, eu já tinha era bem alto e forte. Mas eu estava cheio de raiva... do mundo, de Deus, dos meus pais, de mim mesmo. Eu disse ao meu pai que já tínhamos tido o bastante e que ele saísse da casa.

Sua mente retornou quase vinte anos para o rosto confuso de seu pai e, em um instante, como a confusão se transformou em raiva. Ele fechou os olhos brevemente quando a raiva verbal que se seguiu o atingiu. Se recusando a dar esse poder ao seu pai, se forçou a continuar falando.

— Não me lembro exatamente do que eu disse, mas não recuei. Minha mãe estava chorando e implorando para eu parar, mas tudo o que eu via era a Lorelei naquele leito de hospital, uma sombra da irmã que ela havia sido, e o funeral. O terrível funeral e meus irmãos se escondendo na floresta. Nós tínhamos perdido nossa irmã, e eu sentia que estávamos perdendo um ao outro a toda velocidade. Acho que eu sentia que era uma escolha. Meu pai ou a família. — Essa realização o fez refletir. Era outra coisa que ele não havia analisado até agora. Outra parte dele que Amanda desenterrou e o forçou a enfrentar com amor e bondade que ele não merecia.

— Mick — ela sussurrou, segurando sua mão.

Ele não conseguia parar de falar, não queria, até que ela soubesse de tudo.

— Ele foi embora, mas voltou no dia seguinte, e as coisas mudaram. Ficou quieto de novo, tenso, assustador de uma forma que nunca tinha sido. Como se todos estivéssemos esperando o chão de vidro se quebrar, mas parecia que já tinha quebrado e estávamos suspensos por algo tenso e sombrio, esperando cair sobre os cacos. Então, um dia, ele se mudou e...

— Ele não se lembrava de nada específico depois disso, até semanas depois. — Um dia, a vida ficou mais fácil de novo. Não normal. Não bem, mas mais fácil. Nosso pai ainda é um cretino, e a nossa mãe se tornou calorosa e amorosa de novo, mas vazia. Muito vazia.

Amanda apoiou a cabeça no ombro dele. Ele sabia que ela estava processando tudo o que ele disse, provavelmente pensando menos dele por ter desfeito sua família de vez. Mas estava tudo lá agora. Seu passado, seu presente, seu futuro, tudo embrulhado em uma grande confusão, e ela não o afastou.

Ela estava ali ao seu lado, com a cabeça em seu ombro, lhe dando força para respirar.

— Você esteve ao lado de todos — ela disse. — Cuidou deles. Quem cuidou de você?

A pergunta o machucou, porque ele sempre se sentiu culpado por lamentar um pouco por causa disso naquela época, em um momento em que precisava manter todos os outros juntos.

— Eu era um homem. Não precisava ser cuidado.

— Todo mundo precisa ser cuidado. — Ela se ajoelhou e se sentou em seu colo.

— Quer fazer alguma coisa? — A piada sem entusiasmo pairou pesadamente entre eles. Os olhos dela ficaram sérios, vendo através do disfarce dele.

— Não quero que você fuja.

Ele a abraçou, se perguntando se ela sabia que ele estava fugindo desde que era adolescente e não pretendia parar.

— Quando o juiz lhe pergunta algo de que você não gosta, você fica andando como um tigre enjaulado — ela disse com um pequeno sorriso. — Quando um cliente tenta te encurralar, você os coloca em seu lugar, mas depois os deixa sozinhos para refletirem sobre o massacre que lhes deu e fica andando pelos corredores. E, às vezes, quando seus irmãos vêm visitá-lo, você os deixa em seu escritório e parece que está roendo unhas enquanto caminha pelo corredor.

Ela o pegou em todos os aspectos.

— Você me observa tão de perto?

Um rubor cobriu suas bochechas e ela apertou os lábios.

— Puro propósito de pesquisa. — Ela colocou as mãos em seu peito e a expressão dela suavizou novamente. — Meu chefe me ensinou a procurar falhas, discrepâncias, qualquer coisa que possa obscurecer a verdade.

Ele desviou o olhar, sentindo o estômago se apertar por um motivo completamente novo. Ele não queria que ela visse o efeito que tinha sobre ele, sabendo que ela o observava tão de perto, mas, mais importante, ele não queria que ela visse o quanto ele era sombrio por dentro. Quanto era vil o lado que ele não confessava.

— Como evitar contato visual — ela disse baixinho. —

Mick?

Ela era como a lua, sua gravidade puxando-o, distorcendo seus planos, seus pensamentos, e causando marés de raiva e frustração contra os sentimentos mais calorosos que ela despertava. Impotente para resistir a ela, ele encontrou seu olhar que tudo sabia. Ele cerrou os dentes, lutando para disfarçar sua agitação interna e forçar seus pensamentos a se organizarem. Ou, pelo menos, a ficarem em uma calma e enganosa.

Ela lhe deu um olhar questionador e ele pensou que tinha conseguido, mas quando ela pressionou as mãos em suas bochechas e tocou a testa na sua, outra tempestade interna se acendeu.

— E você, Mick? Você perdeu sua irmãzinha. Qual era o seu papel para ela? E o dela para você?

— Amanda. — O aviso foi fraco, no mínimo.

Ela ergueu a cabeça, deixando as mãos em suas bochechas.

— Você não me deve nada, e confio que, quando chegar segunda-feira, tudo o que dissemos e fizemos ainda será nosso segredo. Mas eu me expus a você, e estou lhe oferecendo uma chance de desabafar, Mick. Comigo. Você está seguro comigo.

Sua mente se recusava a registrar o significado das palavras dela. O mundo sempre girou ao seu redor, zumbindo com distrações de toda a culpa que carregava. Ele usava esse zumbido frenético para se mover de momento a momento, de dia a dia. Preenchendo sua mente com informações, se esforçando para se destacar na faculdade de direito, construindo seu escritório, cuidando de seus irmãos... tudo isso era distração da culpa, da dor e da solidão que ameaçavam afogá-lo a cada momento. Nos últimos meses, cuidar de Amanda se tornou a maior distração de todas, e ele precisava encontrar outras para não pensar nela.

Aceitar a oferta dela significava enfrentar a parte mais sombria de seu passado, e enfrentar esse demônio significava se jogar em um abismo escuro e cavernoso do qual ele não estava certo de que sobreviveria.

Capítulo onze

VOLÁTIL. EXPLOSIVO. APAVORADO. Amanda analisou as emoções de Mick enquanto elas o atingiam, uma após a outra em um ritmo estrondoso, percorrendo seu corpo, músculo por músculo, veia por veia, lembrando-a do Incrível Hulk. Ele a segurou logo acima das costelas, forte, mas contido, e a levantou em pé.

— Pronta para irmos ao bar? — ele perguntou de forma abrupta e deu um passo para trás.

Momentaneamente rejeitada, ela o viu recuar e então saiu de seu estupor magoado e segurou o braço dele. Ele se virou, com raiva. Mas seu olhar não era tão ameaçador quanto a dor que ela viu por trás dele.

Destroçada pelo olhar dele, Amanda não pensou, não falou, apenas envolveu os braços na cintura de Mick e pressionou a bochecha contra o peito dele. O coração dele disparou, como se estivesse tentando escapar de seus limites. A rigidez do corpo de Mick lhe disse que ele desejaria poder fazer o mesmo.

— Amanda — ele grunhiu em tom frio.

Ela o abraçou com mais força, sabendo que isso poderia acabar com o fim de semana deles. Provavelmente ele os faria arrumar as malas e voltar para a cidade hoje à noite, mas era um risco que ela estava disposta a correr. Ele lhe deu muitas coisas. Liberdade, alívio, sentimento de segurança. Ele a fez pensar sobre si mesma de forma diferente. Cada vez que ele dizia que ela estava sendo sedutora quando não estava tentando, isso lhe trazia consciência e compreensão. Mas, enquanto o abraçava, percebeu que ele lhe deu algo muito melhor, muito mais significativo. Ele deu a ela um pedaço de si mesmo que ela nunca pensou que ele fosse compartilhar. Se ele escolhesse encurtar o fim de semana, pelo menos ele levaria consigo esse momento, sabendo que havia alguém em quem podia confiar.

— Amanda — ele disse com um tom um pouco mais ameno, mas ainda repleto de frustração.

— Você precisa disso. — Sua mente lhe dizia para se virar e ir embora, mas seu coração não queria fazer parte desse plano. Ela ergueu o rosto, observando sua mandíbula tensa, as veias pulsando em seu pescoço e a preocupação em seus olhos.

— Você não pode saber o que eu preciso.

As palavras doeram, apesar do tom suave.

— É uma pena, porque você é um bom homem, e alguém deveria saber. — Ela o soltou e, por um momento, eles se encararam. Imóveis. Inabaláveis. Incapazes ou sem vontade de ceder, ou de cortar o vínculo que se formou entre eles e que ele, aparentemente não estava disposto a aprofundá-lo.

Todo mundo tinha seus demônios. Doía saber que ela expôs os seus para ele, mas que Mick não queria retribuir. Mas ele não abusou de sua confiança. Ele a tratou bem, melhor do que bem. Ele a fez se sentir especial e segura. A recusa dele poderia doer, mas, ela lembrou a si mesmo, essa discussão inesperada não estava ligada à sua decisão de se abrir para ele. Amanda lutava para se lembrar disso. Este não era um final de semana de dar e receber. Era um fim de semana de aventura sexual. Um acordo que nada tinha a ver com desnudar suas almas, independentemente de eles escolherem ou não fazer isso.

Ela colocou as mãos atrás das costas, se forçando a aceitar o acordo pelo que era: *apertão, apertão, apertão*. Fazendo seu coração se submeter, ela segurou a mão dele.

— Que tal uma bebida?

— Amanda. — Seu nome soou em tom de desculpa, mas ele não disse mais nada.

A viagem de volta para Sweetwater não foi nada parecida com a subida. Os sons chegavam até elas abafados e, em seguida, agudos. O ar frio açoitava sua pele. Vibrações enviavam tremores perturbadores para seus pensamentos caóticos.

O bar.

Bebidas.

Isso faria bem para os dois. Amenizaria a tensão. Tudo o que ela tinha que fazer era agir com calma até lá.

Quando chegaram em Sweetwater, ele estacionou a motocicleta na garagem atrás da casa e subiram as escadas em silêncio incômodo.

Mick abriu a porta e disse:

— Vou pegar nossas coisas.

— Nós vamos embora? — Suas palavras soaram em pânico. *Ótima maneira de agir normalmente.*

Ele se virou para ela com decepção nos olhos.

— Você quer ir?

— Não, mas você disse que ia pegar nossas coisas, e depois que eu te pressionei lá em cima, na montanha, pensei... Se você quiser voltar, podemos. Você me ajudou muito, e eu agradeço. Eu...

— Estou tagarelando — ele disse, puxando-a contra si.

O gesto possessivo enviou uma sensação de segurança por ela. *Apertões! Apertões!*

— De forma adorável — ele acrescentou enquanto tocava

seus lábios nos dela, dissipando ainda mais suas preocupações.

— Sinto muito por ter te pressionado — ela falou baixinho — Não era da minha conta.

— Você fez o que qualquer bom amigo faria.

Amigo. O estômago dela afundou. *Vamos lá, reaja com maturidade.* Ela engoliu em seco, determinada a ser tão boa amiga para ele quanto ele foi para ela.

Ele levou a mão até a nuca dela, acariciando o polegar sobre o ponto em que ele adorava beijá-la, o que a fez sentir esperança. *Somos amigos.* O lembrete não fez nada para reprimir o amor que crescia dentro dela, ou a esperança de que ele pudesse compartilhar o que estava escondendo, afinal.

— Não sou um homem fácil de conhecer. Há uma razão pela qual não tenho relacionamentos.

Se ela abrisse a boca para falar, ia querer argumentar com ele, dizer que ele se sentiria melhor assim que se livrasse do que quer que estivesse incomodando. Mas isso não era parte do acordo deles, então ela manteve a boca fechada e assentiu.

— Pensei em ficarmos no meu barco. Você prefere ficar aqui?

— Não. O barco parece adorável.

Ele a observou por um longo momento em silêncio.

— Certo, vamos pegar nossas coisas.

Ela teve que se esforçar muito para não deixar a decepção dominá-la. Enquanto juntavam suas coisas, ela se concentrou nos cômodos quentes e masculinos pelos quais passaram apressadamente mais cedo. Parecia que dias haviam se passado desde que estiveram ali pela última vez. Os móveis eram pesados e rústicos, nada elaborado ou caro como os móveis do apartamento dele na cidade. Ela parou na porta do banheiro, se lembrando das coisas que fizeram no chuveiro e como ele a lavou com carinho depois.

Uma onda de emoções se encheu em seu peito. Tentou desesperadamente mantê-las sob controle enquanto reunia seus itens de higiene. Mick estava em outro cômodo, mas sua presença e o cheiro masculino eram inescapáveis. Ela fechou os olhos e inspirou. Sentia uma conexão profunda com ele, e quando estavam na montanha, pensou que ele tinha começado a sentir o mesmo. Mas talvez tivesse lido demais em sua confissão e na maneira como ele estava tratando-a. De qualquer forma, ela não tinha arrependimentos sobre o tempo que passaram juntos, além da ideia de que provavelmente teria que sair do emprego.

— Pronta?

Ela se assustou. Mick estava parado na porta, segurando a bolsa de couro com uma mão, e seu rosto – *Deus, ela amava o rosto dele* – estava inescrutável. Então ela estava errada sobre a conexão. Tudo bem, por mais que aquilo doesse, poderia lidar, porque, por mais que esse fim de semana a estivesse sacudindo como um globo de neve, ele também estava saciando um lugar dentro de si que ela tinha reservado só para Mick.

— Estou — ela estendeu a mão para pegar sua bolsa, e a mão dele cobriu a sua.

— Os homens gostam de se sentir necessários, e já passou do pôr do sol. Lembre-se de que você está no modo sedução.

Certo, o acordo. Ela deveria encontrá-lo no bar, não apenas acalmar seus nervos com álcool. Precisaria de muitas mais bebidas para se acalmar.

Ela o seguiu até o carro.

— Sobre hoje à noite — ela disse enquanto ele colocava as bolsas no porta-malas. — Você fez um ótimo trabalho me informando sobre as coisas, então talvez devêssemos deixar a sedução de lado hoje à noite.

Ele abriu a porta do passageiro sem responder. Ela se sentou e tentou ler sua linguagem corporal enquanto ele contornava o carro e se sentava atrás do volante, mas tudo o que registrou era o quanto queria estar perto dele.

Ele se acomodou no carro e dirigiu ao redor do lago.

— Não está se sentindo à altura do desafio?

— Pensei que você talvez não estivesse interessado nisso, depois de tudo o que aconteceu mais cedo. — Ela espiou pela janela as ruas de paralelepípedos e as lojas que as cercavam a caminho para a marina. Toldos antigos sombreavam grandes janelas de vidro, e acima de cada loja havia uma varanda, como a casa de Mick, que tinha a livraria embaixo. Ela se perguntou sobre aquela casa e a loja, mas esse não era o momento de querer saber mais, então se concentrou nas luzes da marina cintilando contra o céu noturno.

— Estou interessado em você, Amanda — ele disse de repente. — Nunca duvide disso.

Ela se virou, confusa e chocada. Esperava conseguir ler sua expressão, já que ele falou de forma tão enfática, mas se houve alguma mudança, ela perdeu. Ele estava olhando distraído para a estrada.

Ela conversou para tentar aliviar o nervosismo.

— Como isso funciona? Entramos juntos, mas fingimos que somos estranhos?

Ele estacionou no final da marina e segurou a mão dela.

— Está vendo o pub do outro lado do ancoradouro?

Ela avistou o Dutch's Pub ancorando uma fileira de lojas.

— Sim.

— Vamos nos arrumar e depois vou te levar até lá. Você entra primeiro, e um pouco depois eu apareço. — Ele esfregou o ponto entre o polegar e o indicador dela, e deu um beijo ali. —

O resto fica por sua conta.

Se dependesse dela, pulariam a sedução e iriam direto para a parte em que ele a devoraria, murmurando coisas sensuais que a fariam esquecer como pensar, e depois repetiriam tudo isso pelo resto de suas vidas.

Estava ficando mais nervosa só de pensar em se sentar no bar esperando por ele. Ela precisava de um truque, como Mick tinha quando estava no tribunal. Algo que o fizesse querer estudá-la. Ela repassou mentalmente o *Manual*. A entrada perfeita, capítulo vinte e um.

Ah, sim, ela poderia fazer isso.

Talvez.

Espero.

— Tenho uma ideia melhor — ela falou. — A que distância está o seu barco?

Ele saiu do carro e deu a volta para ajudá-la.

— Me deixe pegar as malas e vou te mostrar. — Depois de pegar a bagagem no porta-malas, eles passaram pelas docas e contornaram um ponto de árvores, e outra doca apareceu. No outro extremo havia uma única vaga, e lá, iluminado pelo luar, estava um iate lindo. Luzes azuis mergulhavam como dardos do fundo da embarcação nas águas escuras. Luzes brancas cintilavam ao redor do perímetro do convés, dando ao belo iate uma aparência mágica que tirou o fôlego de Amanda.

Barco? Ela tocou o antebraço de Mick, se perguntando que outras coisas em sua vida ele havia minimizado e por quê.

— Acho que precisamos ter uma conversa sobre semântica.

HARLEY DUTCH EMPURROU mais uma bebida pelo balcão, olhando Mick com ceticismo.

— Não é típico de você vigiar a porta.

Mick observou Dutch limpar o balcão, pensando a mesma coisa. Já fazia muito tempo que ele não tinha um encontro de verdade, não que isso fosse um encontro, mas tinha características de um. Depois de tomar banho, demorou muito decidindo o que vestir. Sua roupa típica de fim de semana eram jeans e camiseta confortável, mas esta noite parecia diferente, e ele não tinha tanta certeza de que isso tinha a ver apenas com a sedução de Amanda. A ideia de que ele pudesse ter competição rondou sua mente de forma irritante enquanto ele escolhia calça e camisa branca de botão. Ele odiava a ideia de ela caminhar sozinha do barco até o bar, apesar de ser uma cidade segura, mas ela insistiu que ele fosse primeiro. Estava sentado no bar há quarenta e cinco minutos, com o estômago embrulhado a cada um desses minutos, imaginando o que ela estava pensando e se sua confissão mudou a visão dela sobre ele para pior.

Ele ergueu o copo para Harley com um aceno e deu um gole.

— Uma daquelas noites, acho. — Ele propositadamente não deu nenhuma pista sobre o jogo sedutor dele e de Amanda. Não queria constrangê-la e, embora fosse terrível pensar nisso, não queria se constranger também. Ele avaliou os outros caras no bar, todos com um ar de atração que ele não tinha: consciência limpa.

— Entendi. — Harley alongou a palavra e balançou a cabeça. — Não há nada que eu não tenha ouvido, visto ou desejado poder esquecer. — Seus lábios se curvaram em um sorriso sagaz que alcançou seus profundos olhos azuis. Harley era grande como um urso, com uma cabeleira castanha para combinar. Era um cara bonito, inteligente e incrivelmente simpático. Ele desistiu de uma próspera carreira financeira na cidade para voltar para casa quando seu pai ficou doente. Isso foi há três anos. Ele assumiu o pub da família e nunca olhou para trás.

Competição.

Mick engoliu esse pensamento com a bebida, se perguntando o que havia de errado com ele. Não era como se Amanda fosse entrar no bar querendo seduzir outra pessoa. Embora ele tenha sido um pouco babaca quando estavam no mirante. Sua mente voltou para a noite do bar. Eles se conectaram imediatamente na pista de dança, com uma intensidade que o atraiu como um tigre para uma carne fresca. Mas ela se aproximou de outros homens em vez de se aproximar dele. Ele olhou para o copo, girando a bebida âmbar, enquanto analisava esse fato desconfortável.

Um cara de cabelo cor de areia se sentou em um banquinho ao lado de Mick, deixando um assento vazio entre eles.

— Como vai?

— Não está mal — Mick disse, catalogando com relutância as feições bronzeadas, esculpidas, além dos olhos verdes penetrantes do cara. Tinha que parar com isso. Estava agindo como um punk ciumento.

Harley entregou uma Guinness para o cara.

— Greer, este é o Mick. O Mick também é da cidade. Greer é produtor de filmes — disse a Mick. O quase imperceptível balançar de cabeça indicou que Harley não gostava do cara. — Ele está na cidade para ver a família.

Greer deu um gole na cerveja.

— Ah. Nada melhor que uma cerveja gelada. O que você faz, Mick?

— Mexo com a lei — ele respondeu. Passou os próximos

minutos ouvindo Greer falar sobre si mesmo. Seu escritório ficava a alguns quarteirões do de Mick. Ele soltava nomes como se estivesse jogando sementes para pássaros e soprava tanto ar quente que era um milagre que ele não estivesse flutuando no teto. Mick tomou mais uma bebida, percebendo revirar de olhos e uma risada de Harley.

Harley preparou outra bebida para ele, pela qual ele ficou mais do que agradecido.

— Você se importa se eu me sentar aqui? — A timidez subjacente na voz de Amanda fez o estômago de Mick enlouquecer.

Ele e Greer se viraram e contemplaram cada centímetro de suas curvas exuberantes, usando um pretinho justo que abraçava seus quadris e coxas, com mangas compridas e um detalhe sedutor que ia do colo até a doce profundidade do seu decote. *Minha nossa.* Seu pau pulsou ao ver as botas de salto alto de couro preto que subiam por suas longas pernas e ultrapassavam os joelhos. Ao lado dela, Greer estava praticamente salivando. *Babaca.*

— Claro — Greer disse com uma voz faminta que fez Mick querer dar um soco nele.

Amanda se sentou no banco entre eles, direcionando sua atenção para Greer, o que tirou Mick de seu estupor movido pela luxúria e o trouxe de volta ao jogo.

— Obrigada — ela sussurrou, balançando o traseiro para que seus ombros roçassem em ambos.

— Harley — Mick disse com a voz menos irritada que conseguiu, embora ainda soasse um pouco aborrecida. — Pode servir um sidecar para a dama?

Harley sorriu de canto.

— Claro, já vai sair.

Amanda olhou para Mick, piscando os cílios longos e olhos esfumados. Seus lábios cheios estavam pintados de vermelho fogo, brilhando como se ela os tivesse acabado de lamber. Ele tinha quase certeza de que ela tinha mesmo, já que era um dos hábitos nervosos dela que ele notou… e adorava. Seu cabelo normalmente liso emoldurava seu rosto e caía em ondas suaves até os ombros. Ele queria enfiar as mãos em seus cabelos e beijá-la até tirar aquele batom sedutor de seus lábios.

— Como você sabia que esse era um dos meus favoritos? — ela perguntou com um ar de anonimato que era impressionante.

Da mesma forma que sei que você gosta de café com açúcar e creme, e de romances, e que quando toco aquelas sardas no seu pescoço, você se arrepia inteira. Porque eu presto atenção. Porque eu me importo. Era uma tortura lutar contra a vontade de reivindicá-la com uma mão possessiva na base de sua coluna ou em sua tentadora coxa exposta. Mas ele fez um acordo, e levava seus acordos muito a sério.

Ele levou a bebida aos lábios e desviou o olhar para as garrafas na prateleira atrás do balcão, então disse:

— Palpite afortunado.

Virando o copo em um gole só, ele o ergueu vazio na direção de Harley, que parecia confuso. Assim como Mick. O que estava fazendo? Sentia os olhos de Amanda queimando nele. Sem dúvida, ele a deixou um pouco confusa, mas ele não ia verificar, porque ela conseguia lidar com isso. Ela poderia arrasar, e precisava saber disso.

— Gosto de um homem que sabe o que as mulheres querem — ela disse com confiança.

Ele se virou, encontrando o olhar desafiador de Greer sobre o ombro dela.

— Então olhe para cá, docinho — Greer disse… *e ela olhou.*

— Sapatos, bolsas Chanel, carros velozes, jantares à luz de velas e um homem rico ao seu lado.

Ela ergueu o copo, seus lindos olhos se movendo entre Greer e Mick, então se fixaram em Greer, mexendo com os nervos de Mick.

— Isso é muito melhor do que um palpite. — Ela se inclinou para mais perto do homem errado.

Mick pegou a mensagem silenciosa no sorriso irônico de Greer: *grana.*

Grana é o cacete. Mick Bad não recuava para ninguém.

Amanda olhou para Mick novamente, com um olhar divertido em sua expressão. Algumas frases sussurradas a fariam subir em seu colo, mas ele deu a ela esta noite como sua e prometeu criticar seus esforços. Que se danasse por ser um idiota, mas um acordo era um acordo.

— Você é desta doce cidadezinha? — ela perguntou a Greer.

O idiota zombou.

— Eu moro em Manhattan. Só estou tirando alguns dias para relaxar. — E lá foi ele em um discurso sobre sua produtora, as estrelas com as quais trabalhou e sua importância auto inflada. Ele pediu outra bebida para Amanda e fez piadas que ela fingiu rir.

Mick ficou surpreso por saber a diferença entre a risada falsa e a real de Amanda, mas nada sobre ela passava despercebido agora. Seu dedo estava arranhando a lateral do copo, o que significava que ela estava muito entediada e um pouco nervosa. Ela se sentou mais ereta, arqueando as costas o suficiente para fazer seus seios pressionarem contra a renda, e cruzou as pernas, enquanto desviava o olhar para a parede atrás do balcão. Um movimento sedutor perfeitamente executado. Seu vestido curto subiu ainda mais, atraindo a atenção de Mick e Greer, o que causou um aumento repentino na temperatura. *Uma frase. Era tudo o que precisava. Caramba, uma palavra, dita no tom certo, com o sorriso certo, e ela seria sua.*

— Não ouvi o seu nome. Eu sou Greer. — O idiota deu um sorriso que Mick tinha certeza de que faria muitas mulheres se derreterem… até que ele abrisse a boca.

Amanda estendeu a mão, inclinando o pulso.

— Dita. Dita Vandercross.

Greer aceitou o convite e beijou o dorso de sua mão. Foi necessário todo autocontrole de Mick para não arrancar os lábios do cara dali.

Amanda inclinou o corpo em direção a Mick, estudando-o do jeito que às vezes fazia quando se encontravam com clientes. Observando-o. Ele se perguntou se ela percebia como o deixava excitado e fraco ao mesmo tempo, ou se isso era obscurecido pela necessidade visceral de expulsar Greer do bar. Seus olhos se moviam, percorrendo suas feições, se demorando em seus lábios tempo suficiente para que a boca de Mick salivar. Seus lábios se curvaram em um sorriso malicioso, e ela continuou o comendo com os olhos, lenta e dolorosamente, como lava queimando-o de fora para dentro. Quando ela chegou ao seu colo, lambeu os lábios novamente, definitivamente não nervosa. Seu pau se lembrou da sensação daqueles lábios ao seu redor, do calor de sua boca enquanto o chupava, e ansiou por uma repetição. Segurou seu copo para não agarrá-la e esperou cada segundo de tirar o fôlego enquanto ela o devorava com os olhos, se deliciando com ele no caminho de volta antes de finalmente encontrar seu olhar aquecido.

— E você é? — Um brilho pensativo apareceu na sombra de seus olhos.

Ele não pôde deixar de se vangloriar, lançando a Greer um sorriso malicioso.

— *Bad* — ele afirmou. — Mick Bad.

Capítulo doze

AMANDA ENGOLIU COM dificuldade contra o nó que crescia na base de sua garganta, como se seu coração tivesse saído do peito para que todos vissem. Ela achou que poderia jogar esse jogo, seduzir outro homem na esperança de provocar ciúme em Mick. Mas a presença dele era como uma droga. Ele não estava apenas olhando para ela. Ele a devorava, enviando promessas pecaminosas, aprofundando-as a cada respiração, até que ela pudesse sentir cada uma delas. Tentou negar o nó que se formou em seu estômago, descartando-o como nervosismo, mas não havia como confundir o calor úmido entre suas pernas.

— Isso parece uma promessa — ela finalmente conseguiu dizer, brincando com o significado do nome dele. — Ou é apenas mais um palpite esperançoso?

Greer tossiu para disfarçar uma risada.

Mick não vacilou ao se inclinar mais perto, mantendo-a cativa com seu olhar penetrante, e disse:

— Um palpite *esperançoso* é você não estar usando nada por baixo desse vestido. Ou saber que vou ter *sorte* esta noite e adivinhar que você ainda não percebeu isso. — Ele segurou a nuca dela, provocando arrepios de calor sob sua pele, segurando-a tão perto que ela podia sentir o cheiro de álcool em seu hálito. — E eu *sempre* cumpro minhas promessas.

Ele se inclinou para trás, dando lugar ao ar mais frio que

passou sobre sua pele. Mick voltou sua atenção para a televisão no canto distante atrás do bar, dando um gole em sua bebida como se não tivesse acabado de fazê-la desmoronar.

Greer pediu outra bebida para ela e pressionou a perna contra a dela.

— Eu estava em Los Angeles conversando com Spielberg, e...

Se ela tivesse que ouvir mais uma palavra sobre quem esse cara conhecia, iria gritar. Seu plano não estava funcionando. Ela achou que tinha provocado Mick, mas ele estava olhando para a televisão e esse cara estava tão concentrado em si mesmo que não precisava de plateia. Ela desceu do banquinho. Mick se virou. Greer continuou falando sozinho.

— Vou ao...

— Mick! — Uma loira baixinha praticamente pulou por cima de uma mesa e jogou os braços em volta do pescoço dele.

Ele a abraçou por um longo momento. Muito longo. Do tipo que indicava que ele também sentiu saudades dela.

— Piper. Você está linda. Como vai? — Ele fez um gesto para o banquinho ao seu lado, e Piper sentou a bunda perfeita tamanho trinta e seis sobre ele como se fosse dona do lugar, enquanto Mick sorria para Harley. — Harley, um *Disaronno* com gelo, por favor.

— Banheiro — Amanda murmurou para si mesma. Ela pegou a bolsa e saiu, irritada. Felizmente, tinha o banheiro só para si para ficar chateada e talvez emburrada. Queria andar de um lado para o outro, mas os saltos das botas pareciam agulhas. E se isso não fosse suficiente, o couro não estava justo o suficiente, então ela constantemente tinha que puxá-las para cima. Ela caminhou até o bar, curvada e agarrada à borda das botas para que não descessem por suas panturrilhas e se amontoassem ao redor de seus tornozelos. Como não podia andar de um lado para o outro, não teve escolha senão ficar de pé e se olhar no estúpido espelho, pensando em Mick abraçando Piper. Que tipo de nome era esse? Ela era um instrumento musical?

Ele a *tocou*?

Ah, meu Deus. Isso não ajuda em nada.

Não podia acreditar que Mick nem a apresentou! Isso foi muito rude. E aquela loirinha? Toda animada e perfeita na blusa branca justa e calça jeans que abraçava seus quadris magros. Amanda não conseguia colocar um quadril arredondado um uma calça como aquela.

Abriu sua bolsa e deu uma olhada no *Manual*. Seguiu as regras até o fim, até mesmo depilando partes do corpo que nunca deveriam sentir tanta dor. *Posso extrair segredos sombrios de testemunhas, mas me dê um homem para seduzir e, sem peruca, sou um fracasso total.* Bem, que se danasse. Não ia falhar. Havia homens suficientes neste bar, e ela ia seduzir cada um deles até ter a técnica perfeita. *Então*, iria atrás do único que queria.

Deu outra olhada na mulher no espelho e ficou surpresa ao ver que estava muito bonita, e não apenas bonita, mas uma *gata*. Seu estômago se contorceu, e ela apontou para a desconhecida sedutora.

— Loira — disse com desgosto. — Ha! Fui loira por duas noites, e sei muito bem que as morenas se divertem mais. — Ela colocou a bolsa no ombro, determinada a conquistar pelo menos três, *não, dois, dois parecem factíveis*, homens antes que a noite acabasse. *Um. Tudo bem, um homem. Não, dois. Um para praticar, e Mick.*

Ela empurrou a porta e se curvou para puxar as botas para cima.

— Essa é a altura perfeita para essa sua boca bonita.

Filho da mãe. Ela endireitou as costas, encontrando o olhar repugnante de Greer. Ela tinha poderes sedutores, com certeza; só tinha uma mira muito ruim. Pegou o cara errado... *de novo.*

Ele deu um passo à frente, e ela recuou... direto para a parede.

— Docinho — ele disse, se aproximando dela. — Você tem ideia do quanto é sortuda por ter se sentado ao *meu* lado esta noite?

— Sim, é exatamente o que eu estava pensando. — O sarcasmo ecoava de cada palavra. Ela tentou se mover ao redor dele, mas ele a prendeu com o braço. Ela revirou os olhos, irritada com o cara por bloqueá-la quando ela estava se sentindo tão confiante.

— Que tal irmos para um lugar mais privado?

Ela precisava de algum tipo de radar para os perdedores. Por que *isso* não estava na porcaria do manual?

— Acho que não — respondeu, pensando em dar uma joelhada em suas partes baixas.

Mick dobrou a esquina e parou no final do corredor. Em um piscar de olhos, ele absorveu a cena, a raiva transformada em diversão. Arqueou uma sobrancelha, balançando a cabeça, deixando sua mensagem clara. *No que você se meteu dessa vez?*

Ela apertou a mandíbula, lhe lançando um olhar de eu dou conta. Ou pelo menos esperava que desse, embora não tivesse certeza.

Mick enfiou a mão no bolso e encostou o ombro na parede. Sua postura casual não escondia o instante em que seus olhos mudaram de divertidos para letais. Ela leu aquela mensagem com clareza também. *Resolva isso, ou eu vou resolver.*

— Se você não se importa — Amanda disse com firmeza ao

idiota na sua frente. — Gostaria de voltar para o bar.

Greer, aparentemente alheio à presença de Mick, segurou seu pulso e o prendeu na parede.

— Ah, eu com certeza me importo. Você tem ideia de quem eu sou? Eu poderia ter qualquer mulher, qualquer atriz...

A mão de Mick pousou pesadamente no ombro de Greer, assustando os dois. Sem dizer uma palavra, chutou a porta do banheiro masculino e sorriu para Amanda enquanto jogava Greer lá dentro.

— Volto logo, srta. Vandercross.

Amanda levou a mão ao coração. Estava mais irritada do que assustada com o Sr. Ar Quente, mas os sons de briga vindos do banheiro a deixaram inclinada para o lado do medo. Ela teria dado uma joelhada no idiota se fosse preciso. Droga. Esta era a segunda vez que Mick intervinha em seu favor e, por mais sexy que fosse vê-lo no modo alfa – e era sexy pra caramba – ela não era uma donzela em perigo.

Mick saiu do banheiro alguns minutos depois, alisando a camisa sobre o peito. Ele esticou o pescoço para a direita, depois para a esquerda, e colocou um braço em volta da cintura de Amanda. Ela olhou por cima dos ombros, imaginando o que ele fez com Greer.

— Talvez tenhamos ido rápido demais — ele disse, guiando-a para fora do corredor. — Talvez você precise do curso de reforço.

— O que isso significa? Eu poderia tê-lo afastado.

Mick ergueu uma sobrancelha.

— Era com isso que eu estava preocupado.

Ela não conseguiu evitar rir.

— Você ficou tanto tempo lá dentro que achei que tinha caído no vaso sanitário. Acho que ser imobilizada pelo idiota não é muito melhor. — Ele balançou a cabeça. — Você é boa *demais* na sedução. Eu estava pronto para dar uma surra no cara quando você ofereceu a mão a ele.

— Mesmo? — A euforia a fez ficar na ponta dos pés para dar um beijo nele, mas o salto do sapato escorregou, o que a fez cair. Ela agitou as mãos no alto. Apertou a mandíbula, se preparando para o impacto, mas sua mente louca gritou *eu consegui! Eu te seduzi!* Ela aterrissou com um solavanco, ofegando e sorrindo, presa em algum lugar ridiculamente feliz. Estava deitada de costas, uma dúzia de pares de olhos encarando-a de cima. E ao seu lado, Mick estava de joelhos, retribuindo seu sorriso insano, com os braços estendidos por baixo dela, e estava lhe dando aquele olhar novamente: *no que você se meteu dessa vez?*

— Eu consegui — ela disse como uma boba.

Ele a levantou e endireitou seu vestido, apertando suas coxas de forma excitante no processo.

— Baby — ele disse, em tom baixo. — Eu nunca tive chance.

Como ele entendeu sua mensagem enigmática estava além da compreensão dela. Espere, não, não estava. Esse era Mick e, quer ele gostasse ou não, ele a *entendeu. Você é meu. Eu sabia disso desde o começo.*

Greer tropeçou ao passar, resmungando baixinho. Seu cabelo e ombros estavam encharcados quando ele saiu pela porta.

Ela olhou para Mick.

— O que você fez...

— Nem de longe o suficiente. — Ele a puxou para perto, e ela foi, feliz. — Agora que você conseguiu seduzir dois homens com sucesso, que tal sairmos daqui? Tem muitos caras te devorando com os olhos, e com a sua tendência de não usar calcinha, imagino que tenha dado a eles uma visão generosa quando caiu.

AMANDA SE SEGUROU em Mick quando saíram do bar, sem dúvida para que não caísse novamente.

— Espere! — Ela parou na beira do estacionamento e colocou as mãos nos quadris. — Não consigo mais fazer isso.

Merda, era esse o momento de a verdadeira intenção dela vir à tona? Ela percebeu que podia seduzir um homem muito bem e não precisava dele e de seu passado por perto?

Ela se sentou no chão e levantou uma perna.

— Por favor, tire essas porcarias. Juro, se você me ajudar a tirar esses instrumentos de tortura, farei qualquer coisa que você queira.

Mick riu e segurou o salto, tentando desviar os olhos da nudez entre as pernas dela, mas era tentação demais. Ele certamente já tinha pavimentado o caminho direto para o inferno. Por que não garantir a viagem? Ele seguiu suas pernas até a doçura entre elas.

— Ei! — Amanda estalou os dedos e os agitou na frente do rosto dele. — Olhos aqui em cima, senhor.

— Desde quando você ficou tão mandona? Estou meio que gostando disso. — Ele puxou a bota.

— *Você* é um deus. — Amanda caiu para trás, com os braços estendidos para os lados na calçada, e soltou um suspiro alto.

Droga, ele *adorava* o riso dela.

— Um deus, é?

Ela levantou a outra perna, e Mick a segurou. Ele sabia que

ela não estava bêbada, mas ela parecia mais descontraída e relaxada do que nas últimas semanas.

Amanda se apoiou nas mãos e inclinou a cabeça com um ar divertido.

— Não sei. Agora não tenho certeza. Talvez depois que você tirar essa bota, eu veja sua divindade novamente.

Ele tirou a bota, colocou as duas sobre o ombro e a ajudou a se levantar.

— Vamos para o barco e ver como é a vista da minha divindade de lá.

— É um iate — ela corrigiu.

Ele colocou o braço ao redor dela, consciente da hora tardia e do tempo juntos diminuindo.

— Você tem uma coisa com detalhes. Me conte sobre essa divindade que possuo.

— Só depois de você admitir que é um iate. — Ela riu, e isso o atingiu em cheio no coração.

— Tudo bem, é um iate pequeno. Quem se importa? — Eles contornaram as árvores em direção ao cais. — Agora, voltando à minha divindade.

— Como se você precisasse de mais elogios ao seu ego? Talvez você devesse voltar ao bar e encontrar aquela linda loirinha de novo.

Um sorriso surgiu nos lábios dele.

— Srta. Vandercross, isso é ciúme? — *Porque eu gosto muito disso, mais do que deveria.*

— Não! — Ela se afastou dele enquanto subiam no cais. — Foi só uma observação.

— Hum. Interessante. Nenhuma das minhas outras funcionários já fez tal observação.

— Então — ela disse baixinho —, você já saiu com outras

garotas do escritório?

Ele a afastou da beira do cais.

— Cuidado.

Ela olhou para ele enquanto faziam o caminho até o barco. Manter as emoções sob controle estava ficando mais difícil a cada minuto.

— Tudo bem, não precisa responder. — Ela voltou a caminhar em direção ao barco.

— Amanda, não saí com mais ninguém no escritório. Você deveria saber disso. Já me viu flertar com alguma funcionária?

Ela olhou para ele enquanto desciam o cais.

— Bem, não, mas...

— Cuidado com esse monstro de olhos verdes — ele avisou. — Vai fazer você ver coisas que não existem. — Ele franziu a testa. — E a garota no bar era a Piper Dalton. Ela é irmã da Willow e da Bridgette. Elas têm outra irmã e um irmão, mas não espero vê-los nesta viagem. Piper é construtora e incrivelmente habilidosa com barcos. Ela cuida da minha casa e do barco quando estou fora da cidade. Liguei para ela quando paramos para abastecer e pedi para que ela abastecesse o barco com comida, bebidas, ajustasse os temporizadores. É só isso. Ela é uma amiga. — Ele a ajudou a subir a bordo e segurou sua mão.

— Isso foi gentil da parte dela — ela disse com um sorriso doce. — E da sua, na verdade, em pensar com antecedência assim. Obrigada. Desculpe se soei estranha, é só que... — Ela balançou a cabeça. — Acho que é só uma noite estranha.

— Foi uma noite agradável e alguns dias intensos. — Ele estava tendo dificuldade em acreditar que era apenas isso. — Vamos levar o barco para longe da costa e ancorar. Depois a gente conversa.

Capítulo treze

DUAS HORAS DEPOIS, Mick e Amanda estavam deitados sobre cobertores e almofadas no convés do iate, olhando para as estrelas. Nenhum dos dois estava com fome para uma refeição, então comeram queijo e biscoitos e dividiram uma garrafa de vinho. Uma brisa fria soprava do lago, mas Amanda se sentia bem aquecida. Podia ser por causa do vinho, mas ela tinha a sensação de que tinha mais a ver com o homem ao seu lado.

— Me conte sobre a sua livraria. Imagino que você poderia ter comprado qualquer casa que quisesse. Por que aquela? Por que não uma cabana na floresta? — Ela se apoiou no cotovelo, impressionada com a aparência pacífica de Mick ao luar. Seu cabelo caía para longe do rosto e, pela primeira vez desde que se juntaram, não havia tensão em sua testa ou nos músculos ao redor de sua mandíbula. Ela se livrou de sua ridícula preocupação com o rosto dele e se deitou de costas. Já tinha memorizado aquela droga de rosto. *Meu homem dos sonhos.* Ele estava gravado nas recessos de sua mente para sempre.

— Não sei muito sobre isso.

Ela o olhou, e ele sorriu.

— Você disse que era o dono.

— Sim, mas você deve ter notado que está fechada. — Ele se apoiou no cotovelo como ela fez antes. — Não queria uma cabana remota. Gosto do clima de cidade pequena, das pessoas daqui, da camaradagem. Quando estava procurando uma casa, conheci uma mulher chamada Flossie McBride. Ela é bem pequena, com pouco menos de um metro e meio, e tem uns setenta anos. Ela e o marido, Jed, administraram a livraria por quarenta anos e moravam lá em cima. O Jed sofreu um AVC e foi levado para uma clínica de reabilitação em Long Island. Ela teve que vender a casa e a loja para conseguir dinheiro suficiente para o tratamento dele. — Ele deu de ombros. — Então comprei tudo e disse que, se ela quisesse voltar, a loja estaria aqui, esperando por ela.

— Ai, Mick. Isso é uma das coisas mais fofas que já ouvi. Há quanto tempo foi isso?

— Há quatro anos. — Seu olhar se tornou solene. — Felizmente, Jed ainda está vivo, embora precise de cuidados vinte e quatro horas por dia.

— Sinto muito em ouvir isso. Quatro anos é muito tempo. Alguém administra a loja?

— De vez em quando. A neta dela, Aurelia, vem para a cidade a cada quatro ou cinco semanas, abre a loja por alguns dias, faz o que a Flossie a aconselha e vai embora novamente. Não preciso do andar de baixo, e eu fiz uma promessa. Eu sempre tento cumprir minhas promessas.

Ela rolou para o lado, espelhando sua posição.

— Você é um homem muito bom, sr. Bad. Também me fez uma promessa. Você deveria fazer uma avaliação de mim hoje à noite. Como foi? Além da coisa toda de eu ter caído de bunda.

— Aquela foi uma das minhas partes favoritas.

Ela o acertou com um tapa.

— Vamos lá, fala sério. Foi assustador entrar no pub e fingir ser outra pessoa.

— Por quê? Não foi isso que você fez no bar?

O rosto dele ficou sério e os olhos ternos, e tudo ao redor pareceu parar e ficar quieto, como se o mundo estivesse esperando por sua resposta. Ele estendeu a mão e segurou a dela, apertando-a de leve, e Amanda soube que ele realmente se importava, mesmo que não quisesse admitir. Manteve esse para si, como se o movimento errado pudesse assustá-lo. Ela ansiava por contar a verdade a ele. *Foi assustador porque eu estava te seduzindo, e, por mais que fosse um jogo e isso vá durar apenas um fim de semana, não consigo deixar de sentir que é muito mais. Não quero escapar disso.*

Mas essa confissão certamente quebraria o momento em um milhão de pedaços irreparáveis.

— Sim, mas foi mais fácil com a peruca e a maquiagem. Acho que deve ser mais fácil para os caras se exporem assim do que para as mulheres. Para as mulheres, é estranho. Ou talvez seja só eu, o que provavelmente é, porque sei que a Ally conseguia fazer isso e nunca se sentia como me senti hoje à noite ou naquele bar, que, honestamente, não foi mais fácil. Tudo é assustador. Agir como se eu quisesse estar no controle, quando cada parte do meu ser só deseja se sentir queria e amada — *por quem eu sou, não por quem posso ser por algumas horas* — foi assustador.

O silêncio caiu sobre eles novamente, pesado, quente e frio ao mesmo tempo, como se a confissão dela os consumisse. Ele a observou com firmeza, mas por trás da ternura outra emoção fervilhava. Culpa? Medo? Raiva? Ela não podia ter certeza, mas nenhum deles era bom. Ele se arrependia deste fim de semana? Ela chegou perto demais?

— Você poderia ter me enganado — ele disse com calma. Nem quente, nem frio. Ele apenas colocou isso para fora. — Você estava tranquila e confiante.

— Vamos lá. — Ela tentou amenizar o clima com uma risada forçada. — Você prometeu me avaliar, então seja sincero.

Ele continuou encarando-a com aquela estranha mistura de emoções. O estômago dela se agitou e apertou em resposta.

— Você poderia agir com mais frieza — ele disse. — Talvez até mais arrogante. Como se não se importasse se vai ficar com o cara ou não.

— Se fazer de difícil. As pessoas querem o que não podem ter. Consigo ver o benefício. — Era isso que ele estava fazendo? Emitindo vibrações de *eu te quero, mas não vou agir* só para fazer com que ela o desejasse ainda mais? Ou isso era apenas seu coração esperançoso criando uma miragem novamente?

— E não ria de piadas estúpidas. — Ele deu um sorriso. — Deixe o idiota saber que não é engraçado.

— Por quê? Não é esse o objetivo? Elogiar o cara? — Ela se deitou novamente e olhou para as estrelas. — Há muito mais regras do que eu pensava.

Ele passou o dedo de leve pelo comprimento do seu braço. Foi um toque terno, atencioso e sedutor, o que a surpreendeu dado o olhar intenso em seus olhos.

— E use roupa íntima, pelo amor de Deus.

Ela se virou e encarou-o.

— Você adorou saber que eu não estava usando roupa ínti-ma.

— Exatamente.

— Não entendo.

— Gostei de saber, porque você estava lá para me seduzir, mas odiei saber quando você estava conversando com o Greer.

Ela virou o rosto para o céu, esperando que ele não pudesse ver o sorriso que não tinha esperança de conter. Saber que ele ficou com ciúmes a deixou eufórica.

— Parece que funcionou, então. Definitivamente vou continuar sem usar roupa íntima quando estiver no modo sedução. O que mais? — Ela não precisava olhar para saber que o rosto dele estava contraído. A tensão emanava do corpo dele, aquecendo o ar entre eles e lhe trazendo ainda mais satisfação.

— Nada de botas de prostituta — ele disse com firmeza.

Com certeza usarei botas de prostituta daqui para frente. Ela ouviu sua respiração ficar mais pesada e imaginou seus olhos estreitos e irritados. Talvez até funcionasse no trabalho.

— O que mais?

— Você poderia pegar mais leve na maquiagem.

Olhos esfumados. Confirmado.

— Sério? — Isso estava sendo divertido demais. Ele soava como uma garrafa de refrigerante agitada, prestes a *explodir*!

— Sim. Não se esforce tanto.

Ela se alimentou de sua atração, criando uma coragem que nem sabia que possuía, e se virou para ele. A expressão de Mick era tempestuosa.

— Você não deveria fazer isso. — Era um comando tão claro e sombrio quanto o olhar ciumento dele.

— Isto, como uma crítica, ou isto de jogar mais jogos neste fim de semana? — Engolindo o medo que pulou em sua garganta, ela se preparou para uma resposta que certamente a despedaçaria.

— Não faça mais isso, Amanda. É um erro. — Ele falou baixo, com calma, apesar das vibrações tumultuadas que ele estava emitindo.

Ela ainda não tinha certeza se ele se referia ao fim de semana ou a seduzir homens em geral. Atormentada por emoções confusas, tentou recuperar o fôlego. Ele se moveu ao seu lado, e ela fechou os olhos, dizendo a si mesma para recuar. Isso era um jogo, esse fim de semana maluco deles, e ela não poderia mudar as regras no meio do caminho, não importava o quanto quisesse. Sentiu Mick se afastar. O ar mais frio percorreu seu corpo, aprofundando a dor. Ela apertou os olhos com mais força para afastar a dor indesejada de perder o que nunca teve e lutou para construir uma parede de defesa contra sua atração por ele. No instante seguinte, ele se aproximou, com as coxas pressionadas contra as dela, as grandes mãos acariciando sua cabeça. Seu olhar atormentado a intrigava e sua vontade de aliviar o tormento dele e acalmar o próprio a deixava confusa, tornando pensamentos e ações igualmente impossíveis.

O NÓ NO estômago de Mick se afrouxou quando ele se aproximou de Amanda, aliviando a raiva e o ciúme que quase o dominaram. Ele precisava disso. Precisava *dela*. Mas ela não se entregou como antes. Amanda estava rígida, com a boca pressionada em uma linha tensa, amarrando seu interior novamente. Os olhares longos e profundos que trocaram alimentavam o medo e o pânico tão completamente quanto o desejo e o afeto. Ele poderia consertar isso, torná-la *sua* e acalmar o tsunami que o inundava. Mas atravessar essa porta, abrir verdadeiramente o coração para ela, inevitavelmente resultaria em algo sombrio e torturante para os dois.

— Não faça mais isso, Amanda. — O comando familiar em sua voz foi enfraquecido pela corrente oculta de um apelo assustadoramente desconhecido. Ele sabia que precisava quebrar a conexão hipnotizante deles, mas era incapaz de se afastar.

Ela semicerrou os olhos, mantendo-o cativo com confiança

renovada.

— Por quê?

— Porque é perigoso. Não aprendeu isso hoje à noite?

— Vou tomar cuidado.

Ela tocou o bíceps dele, oferecendo um vislumbre do afeto que ele ansiava apenas dela.

— Você não tem ideia no que está se metendo. — Ele não sabia se estava a advertindo para se afastar dele, de seduzir outros homens... ou se estava advertindo a si mesmo para não libertar as emoções que lutavam para serem liberadas.

Ela passou os dedos para cima e para baixo em seu braço, amolecendo sua determinação.

— Me diga — ela o instigou. — Me diga no que estou me metendo.

— Amanda. — A necessidade em sua voz provocou uma onda de apreensão nele. Nunca precisou de ninguém. Ele era a pessoa de que os outros precisavam. Era aquele que ficava no corredor até tarde da noite, ouvindo os pais brigarem, montando guarda na porta dos quartos de seus irmãos.

— Me dê uma pista, Mick. Me dê os fatos frios e concretos.

Era dele que Lorelei precisava. Você nunca vai deixar nada acontecer comigo, certo, Mickey?

— Você sabe que posso lidar com isso — ela insistiu.

Ele sabia que ela podia lidar com quase qualquer coisa, mas não com isso. Ninguém podia lidar com a tempestade de culpa ou com a merda geral que ele carregava.

— Apenas me diga que não vai seduzir estranhos — ele finalmente disse. — Não deixe os caras se aproveitarem de você.

Ela franziu o cenho e seus olhos se aqueceram, puxando as cordas do coração dele, trabalhando naqueles nós de forma tão eficaz quando aqueles em seu estômago.

— Me dê um motivo para não fazê-lo. — O desafio estava claro, apesar da doçura de sua voz.

Puxa, puxa. Mais um nó se foi. Sem dor. Viciante. Ele se inclinou para frente e pressionou os lábios nos dela.

— Você sabe que eu te desejo.

— Não me importo que você queira transar comigo. Eu quero que você me queira por inteiro.

Quero tudo de você. Cada pedacinho. Ele roçou os lábios nos dela, inalando seu doce aroma, se preenchendo com sua essência. Passou o polegar pelas sardas atrás da orelha, sabendo o efeito que isso tinha nela.

— Não pense assim, baby. Posso te desejar, mas nunca seremos mais do que somos aqui, agora.

Ela fechou os olhos, e ele pressionou os lábios nos dela novamente, aprofundando o beijo enquanto ela se erguia do cobertor sob ele. Caramba, ele amava beijá-la. Ela o fazia sentir tão profundamente, que ele quase acreditava que poderia dar conta. Que poderia ter uma eternidade com Amanda. Eles poderiam vencer as esmagadoras probabilidades e escapar das tempestades da vida. Seus quadris se esfregaram em um ritmo frenético de desejo e necessidade, e em algum lugar bem dentro dele, mas fora de alcance, ele sentiu um fio de esperança.

Ela aumentou o aperto em seus braços e se afastou de forma abrupta.

— Você está *envolvido*! — Ela empurrou seu peito. — Levante-se. Por favor.

— Amanda…

— Não. Eu não posso. Levante-se, Mick. Agora. — Fúria e dor ecoaram de sua voz, brilhando em seus traços.

Ele se levantou e caminhou de um lado para o outro.

— Que Merda, Amanda? O que você quer de mim?

— Nada. — Ela olhou para a água, com os braços cruzados. Seus ombros subiam e desciam no ritmo de suas emoções cruas. Quando ela se virou, parecia perdida e machucada, o que roubou seu fôlego. — *Tudo*, Mick. Quero o que não posso ter, e eu sabia disso antes de virmos para cá.

— Não posso ser quem você quer que eu seja, e eu sempre fui honesto sobre isso.

— Não me diga. Acha que eu não estou me culpando por isso? Querer um homem que nunca vai me desejar da mesma forma?

Ele encurtou a distância entre os dois, zangado consigo mesmo por se colocar nessa posição, por amar uma mulher com quem não deveria… *amar. Puta merda.* Eu te amo. Ele parou no meio do caminho, as palavras girando em sua cabeça.

— Só me diga uma coisa. — Ela piscou várias vezes contra os olhos úmidos. — *Por que*, Mick? Por que você não pode ter um relacionamento? Eu posso sair do escritório, se você estiver preocupado com isso…

— Não é o trabalho. Não há nada no contrato social sobre isso.

— Então sou eu. — Ela engoliu em seco, erguendo os ombros ao respirar fundo, como fazia antes de entrar em uma sala para falar com uma testemunha. Ela estava erguendo suas defesas. Criando coragem. A coragem para aceitar sua suposição. Para aceitar uma mentira.

Não na minha presença.

— Não é você, Amanda. Nunca foi você. Sou eu. Estou fodido, além de qualquer reparo. É quem eu sou. Quem sempre serei.

Ela fechou a distância restante entre eles e passou o dedo no cós da calça dele, olhando para cima com olhos arregalados e penetrantes.

— Por quê? Você estava lá para todos quando você mesmo era apenas uma criança. — Sua voz se elevou com raiva. — Você protegeu a todos e enfrentou seu pai, o que exige mais coragem do que qualquer outra coisa. Você é mais forte do que qualquer outro homem que já conheci em todos os aspectos, mas os relacionamentos te assustam pra caramba? — Ela fez uma pausa, balançando a cabeça e olhou para ele como se ele fosse um enigma. — Isso não faz sentido, *doutor*. Obviamente, não tenho todos os fatos.

Ele se virou, voltando a caminhar e esfregou a mão no rosto, buscando controle.

— O que é? Me diga logo!

Pressionado ao limite, frustrado consigo mesmo, seu passado, seu pai, essa merda de mundo, ele girou e avançou em sua direção.

— O que você quer ouvir, Amanda? Que passei anos sendo o irmão mais velho protetor? Que fiz isso tão bem, antes de minha irmãzinha ir para cama todas as noites, que jurei de mindinho que sempre a protegeria? Ou talvez isso não seja suficiente para você. Você precisa de *tudo*, certo? Todos os detalhes cruéis? Porque você é tão boa no seu trabalho, que leva isso para sua vida pessoal? Porque não é pode apenas confiar em mim quando digo que não posso fazer isso? Você quer o merda do meu segredo?

Ele ficou tão perto, que o batimento cardíaco dela pulsava no ar entre eles. Lágrimas escorriam por suas bochechas, cada uma o cortando novamente. Apesar da dor, das acusações e da culpa mal direcionada que ela não merecia, ele não conseguia parar de liberar o fantasma que possuía sua alma.

— Quando minha irmãzinha estava deitada em uma porcaria de cama de hospital, frágil, mal respirando, com o corpo cheio de erupções e bolhas por causa dos medicamentos que injetavam nela para tentar matar um vilão forte demais para derrotar. — Seu corpo tremia e o suor escorria de sua testa enquanto revivia o pesadelo que havia consumido todos os recantos de seu ser há muito tempo. — Quando ela olhou nos meus olhos e disse: *você nunca vai deixar nada acontecer comigo, certo, Mickey?*, em um sussurro tão fraco que tive que me esforçar para ouvir — ele virou o rosto para as mãos trêmulas, lembrando da sensação da pele dela, da confiança que ela depositou nele —, segurei suas bochechas e menti. Menti tão bem, que ela sorriu e fechou os olhos. Pensei que ela havia adormecido, e implorei. *Implorei* a Deus. *Me leve. Apenas me leve.* Mas Deus, assim como tudo nesse mundo, não é real. Ele é uma fantasia, uma farsa, assim como o amor de filmes que você está procurando. Ele roubou aquela doce garotinha, e ela partiu *acreditando* em *mim*. Acreditando em uma mentira que eu não tinha o direito de contar.

Amanda estendeu a mão e acariciou as bochechas dele, enxugando lágrimas que ele não sabia que tinham caído. *Jesus.* Ele tinha perdido completamente a cabeça.

— Você a estava protegendo. Queria que ela se sentisse segura.

Ela deu um passo mais perto e ele deu um passo para trás, erguendo a palma da mão para afastá-la.

— Não, baby. Não cometa esse erro, porque eu estou fodido o suficiente para deixar você fazer isso.

Ela deu outro passo em sua direção.

— Que erro é esse? Deixar você saber que me importo? Ou acreditar que você carregou culpa por algo que sua mente adolescente transformou em algo que não era?

Ele balançou a cabeça.

— Você acha que eu não sei disso, Amanda? Não sou criança e você sabe que não sou um homem estúpido. Eu entendo que a culpa que me sufoca é distorcida, infantil e torturada pelo desespero de perder minha irmã.

— Então a que erro você está se referindo?

— Essa fantasia que você tem de relacionamentos e finais felizes. Não sou um cavaleiro de armadura brilhante. Nunca fui esse cara e nunca serei.

— Por causa da culpa — ela disse de forma incisiva.

— Porque sou realista e essa fantasia não existe. Por que você acha que me tornei advogado? Porque posso expor os fatos e eliminar as besteiras, e todos os dias posso provar o valor da verdade. O para sempre é uma fantasia. Olhe para Bridgette e Louie. Ela amou tanto que desistiu de tudo pelo marido. Ela fugiu contra a vontade da família e *pimba*! Um acidente de carro depois, ela é mãe solo se perguntando como vai conseguir passar cada dia com um buraco no coração que nunca vai se curar. Graças a Deus ela tem uma família amorosa que está ao seu lado, apesar de sua falta de consideração pelos desejos deles.

Ela cruzou os braços trêmulos, desafiando-o novamente.

— Você acha mesmo que ela estaria melhor se não tivesse o amado? Se não soubesse como é ser amada tão profundamente que quer jogar o resto da sua vida fora só para experimentar isso? Acha que ela estaria melhor sem o Louie?

Ele caminhou de um lado para o outro, e ela agarrou seu braço, segurando-o e atraindo uma raiva que ela não merecia.

— Como é que vou saber? Meus pais teriam ficado melhor se nunca tivessem se casado? Se não tivessem perdido uma filha? Se não tivessem se perdido um do outro?

— Então, o quê? Você tem medo porque nada dura para

sempre?

— Eu não tenho medo de nada. Você não entende isso? Quem me dera ter. Como seria fácil entrar em um relacionamento em busca de conforto, consolo, coragem ou qualquer outro curativo que possa aliviar o medo? Isso é muito maior do que ter medo, baby, e não é nem de longe tão simples.

— Eu simplesmente não entendo. — Os ombros dela caíram. — Se você não tem medo e não é por minha causa, o que resta então?

O coração dele se desfez diante da derrota na voz dela. Puxando-a contra si, ele ergueu o queixo dela e se sentiu se apaixonar ainda mais rápido, de forma mais intensa e, o mais surpreendente de tudo, de coração aberto por ela.

— Você me faz sentir que a fantasia é possível.

— Então por que lutar contra isso?

— Tenho me perguntado isso desde que percebi que era você no bar. Por que lutar contra isso? Estou atraído por você há tanto tempo, que é como se você fizesse parte de mim. Ouvir suas histórias sobre encontros chatos, torturado por sua inteligência… que, aliás, é um milhão de vezes mais sedutora que qualquer roupa ou tática que você possa comprar ou aprender.

Ela sorriu, e isso o fez sofrer ainda mais.

— Vou revisitar essa resposta quando não estiver tão confusa, com raiva e magoada, então não pense que você pode expor todas essas coisas incríveis sem que eu as questione, sr. Bad. Mas não posso me deliciar nas palavras que esperei anos para ouvir quando o olhar em seus olhos me diz que, mesmo que você sinta essas coisas, não está disposto a sustentá-las. Então, por enquanto, por favor, me diga por que você está lutando contra isso.

Ela se agarrou a ele, e por um longo momento ele permitiu que sua pergunta pairasse entre eles, porque quando ele respondesse, ela nunca mais o tocaria.

Mick levou a mão dela aos lábios e deu um beijo nas sardas que inicialmente os levaram até aquele momento. Ele segurou a nuca dela e levantou o cabelo, revelando as outras marcas que ele passou a amar, e a beijou ali, observando enquanto ela fechava os olhos e o arrepio que percorria seu corpo.

— Abra os olhos, baby. — Ela levantou as pálpebras pesadas, encontrando seu olhar. — Não deveríamos acabar aqui, mas agora que estamos, tenho que fazer a coisa certa porque me importo com você. Você deveria estar com um homem que acredita na fantasia. Não alguém como eu, que sabe que a vida real está esperando depois do período de lua de mel. E a vida real é uma merda, com merdas vindo de todos os lados quando você menos espera.

— Então é melhor me deixar lidar com isso sozinha? Ou com algum perdedor que é um centésimo do homem que você é, cujo melhor é um trabalho pela metade?

Ela sorriu para ele, e Mick não pôde deixar de retribuir a emoção. Ela virou o jogo contra ele e expôs seu calcanhar de Aquiles, *a doce, atrevida, adorável, amável, sexy e confiante Amanda Jenner.*

— Acho, doutor, que você está interpretando mal os fatos. — Ela ficou na ponta dos pés e pressionou os lábios nos dele. — Não quero que você me proteja. Quero você me ame.

Capítulo catorze

UMA DAS PRIMEIRAS coisas que Mick ensinou a Amanda quando ela começou a trabalhar com ele foi nunca mostrar suas cartas. Ela não apenas mostrou suas cartas, mas praticamente as enfiou goela abaixo dele... e sentiu os efeitos disso, como se estivesse sufocando na própria estupidez. Linhas de concentração se aprofundaram na testa de Mick. Um milhão de pensamentos passaram por sua mente, e ela era incapaz de se apegar a um único deles.

Um sorriso lento e secreto se formou nos lábios de Mick, mas ela não estava a par do segredo. Era enlouquecedor... e irresistivelmente devastador.

— Você é *destemida* — ele disse, com admiração.

Ela respirou fundo com total espanto.

— Eu sou? Eu... quero dizer. Sou, sim! Claro que sou. — *Estou tão longe de ser destemida que nem consigo me lembrar como se escreve isso.* — Podemos fingir que eu nunca disse aquela última parte?

— De jeito nenhum. — Um sorriso arrogante se espalhou em seu rosto. — Mas acho que podemos concordar que já revelamos segredos demais para esta noite. Vamos deixar as coisas esfriarem. Ver como nos sentimos de manhã.

Ela respirou um pouco mais aliviada, mas ainda não o suficiente. Ele não respondeu à sua confissão, mas também não disse para ela não amá-lo. Por menor que fosse, ela percebeu que isso era enorme no mundo de Mick Bad.

— Parece um plano justo — ela disse. — Espero que isso não torne as coisas estranhas entre nós.

— Contei coisas que nunca contei a ninguém, detalhes sobre minha irmã, meu pai, minha vida. Já disse que te quero, que quero estar com você. Revelei partes de mim que nem sabia que existiam. — Ele estendeu a mão para ela, como se não tivesse sido um turbilhão de emoções ou que suas palavras não tivessem acabado de fazer o coração dela girar novamente. — Conhecemos cada centímetro do corpo um do outro intimamente, e você está preocupada em admitir que tem sentimentos por mim?

Ela revirou os olhos.

— Colocado dessa maneira, não, mas… sim.

— O que devemos fazer sobre isso?

— *Aff.* Como se pudéssemos fazer alguma coisa.

Ele olhou para a água.

— Acho que sei como eliminar a estranheza. Tire as roupas. — Ele deu um passo para trás e começou a desabotoar a camisa.

— O que aconteceu com a sedução? Preliminares? — Ainda atordoada por tudo o que tinham dito um ao outro, ela não fez nenhum movimento para se despir.

Ele levantou as sobrancelhas e jogou a camisa no convés, tirou os sapatos e rapidamente se livrou das calças. E da cueca. *E de todo o ar do Estado.* Ela não conseguia desviar os olhos.

— Precisa de ajuda ou quer admirar um pouco mais? — Ele se aproximou com a destreza de uma pantera… e não havia nada de terno em seu olhar. Sua ereção balançava de forma tentadora. Seus olhos eram puro calor líquido.

Ela tropeçou para trás.

— Eu… não.

Ele pegou a mão dela e a puxou para frente.

— Mick? O que vamos…?

Com um movimento rápido, ele puxou o vestido dela pela cabeça e o jogou de lado, sua expressão agora oscilando entre ardente e brincalhona. O ar frio percorreu sua pele, provocando arrepios. Ele traçou uma linha pelo centro de seu peito, abriu o fecho frontal do sutiã e o abriu sem olhar para baixo.

— Está pronta? — ele perguntou em um tom baixo que fez sua barriga vibrar, enquanto jogava o sutiã no convés.

Apesar de tudo, ela sempre estava pronta para o homem incrivelmente complexo e intenso.

— Vou considerar isso como um sim. — Ele a levantou e guiou suas pernas ao redor da cintura dele. — Nem pense em fugir e tentar tirar vantagem de mim.

Ela arregalou os olhos. Não era essa a intenção dele?

— Você sabe nadar? — Ele passou por cima do corrimão e ela se agarrou a ele como um macaco em pânico, tentando escalar seu ombro para alcançar o convés.

— O quê? Sim. O que…não! De jeito nenhum! Vai estar congelando. Não, Mick. Por favor, não!

A risada profunda e calorosa vibrou no peito dele.

— Segure firme, baby, porque vamos descer. — Ele pulou do barco.

— Não…

Ele capturou sua boca pouco antes de atingirem a água e afundarem nas profundezas geladas do lago. Com um braço a segurando firme, ele usou o outro e as pernas fortes para impulsioná-los para cima. Eles emergiram ofegando por ar e rindo histericamente. Ele continuou movendo as pernas para manter suas cabeças acima da água.

— Você é louco! — Ela sorria tanto que suas bochechas doíam. A água estava gelada, mas o corpo de Mick estava em chamas, e ela se grudou nele como metal derretido.

Sua resposta foi outra risada calorosa. Perdida no momento emocionante, ela o silenciou com um beijo, se deleitando com as sensações frias e quentes que percorriam sua pele e a batida acelerada em seu peito. O beijo se intensificou e eles começaram a afundar, fazendo-a rir.

— O quê? — ele perguntou com uma risada, movendo as pernas para manter suas cabeças acima da água novamente. — Você me beijou. Todo mundo sabe que o cérebro de um homem não funciona quando uma mulher gostosa está grudada nele, nua. Esqueci de mover as pernas. — Seu rosto ficou sério. — Como você se sente sobre afogamento?

— Como você se sente sobre levar um chute nas joias da família?

— Não tão bem quanto me sinto sobre me afogar enquanto estou com você. — Ele mordiscou seu lábio inferior.

Meu Deus, ela o amava.

— Eu deveria estar furiosa com você por me fazer desnudar minha alma e...

— Seu corpo?

Ela inclinou a cabeça para trás e ergueu as mãos para o céu.

— Por quê? Por que esse homem, de todas as pessoas? — Ela abaixou o queixo, encontrando sua expressão divertida. — Não. Eu queria despir meu corpo para você, mas minha alma? Nem tanto.

Os olhos dele ficaram como os de um cachorrinho triste, e ela gemeu.

— Você é caloroso, é frio, está no controle, fica furioso e agora isso? Adorável? Está brincando comigo? O que vem a seguir?

O olhar dele se tornou pecaminoso. O prazer irradiou dela, diferente da emoção antecipada de uma boa transa. Era uma afeição profunda, amor puro e incondicional, preenchendo-a da sola dos pés até o topo da cabeça. Ela não estava se enganando. Era um amor perigoso, como ele havia deixado claro que nunca seria correspondido. Mas seu cérebro e seu coração estavam em sintonias diferentes, e nenhuma quantidade de inteligência poderia evitar as emoções que se alojavam em seu coração.

— Duvido que a Bridgette estaria melhor sem ter compartilhado o tempo que teve com o homem que amava, não importa o quanto tenha sido curto. As memórias deste fim de semana durarão a vida inteira. — *Tinham que durar.* Ela não podia acreditar que disse isso em voz alta, mas disse, e era a verdade, e ela queria que ele soubesse.

Com a mente clara e o coração cheio, ela tentou mais uma vez abandonar suas esperanças por mais do que o fim de semana e se deliciou com a luxuosa experiência de estar com o homem que amava.

AMANDA TREMEU NOS braços de Mick, com o corpo pressionado contra o dele, enquanto se beijavam, boiando na água. Em questão de poucos dias, ela o abalou como uma pequena embarcação pega em uma tempestade: expondo fissuras que ele havia mascarado há muito tempo. A cada confissão, as fissuras se expandiam, até se tornarem buracos abertos, puxando-o para baixo, afogando-o em emoções que ele não queria sentir. Justamente quando ele pensava que tinha atingido seu limite, Amanda o trazia de volta à segurança com um toque, um sorriso, algumas palavras escolhidas com cuidado, permitindo que ele recuperasse o equilíbrio e reconstruísse os muros. Só que agora eles não eram tão à prova de som, nem tão grossos ou resistentes, e Amanda já não estava do lado de fora desses muros. Ela se tornou parte deles.

Foram essas emoções avassaladoras que o guiaram em direção à plataforma de natação no lado do iate, porque, apesar do calor que fervilhava entre eles, os dentes dela estavam batendo.

— Entra, baby. Você está com muito frio. — Ele a ergueu no convés, e ela cruzou os braços ao redor de si mesma enquanto ele subia, se repreendendo por ter esquecido de colocar toalhas na plataforma. Ele a apertou contra si enquanto entravam, e usou o painel de controle para fechar e levantar a plataforma.

— Vamos lá. Não quero que você fique doente.

No quarto principal, Mick a envolveu com um roupão felpudo. Segurando cada lado da gola, ele o fechou e a beijou com carinho.

— Obrigada — ela disse com os lábios ainda azuis. — Não percebi que estava tão fria.

— Ficamos mais tempo do que eu esperava. Desculpe, baby. Vamos tomar um banho quente para te aquecer.

Mick a abraçou, permitindo que a água quente caísse sobre ela. Os braços de Amanda estavam encolhidos entre eles, a bochecha pressionada em seu ombro, seguramente aconchegada em seus braços.

— Foi divertido — ela disse, com os dentes ainda batendo.

Ele passou as mãos para cima e para baixo nos lados e costas dela, tentando aquecê-la por completo.

Ela levantou o rosto com um sorriso doce.

— Você costuma nadar pelado com frequência?

Ele riu.

— Não. Nunca, na verdade. — Ela estava tremendo menos agora, quente ao toque. — E você?

Ela pressionou a bochecha contra o peito dele novamente, passou os braços em volta de seu pescoço e bocejou.

— Não. A Ally e eu entrávamos na piscina de um vizinho algumas vezes quando éramos crianças, mas não faço isso desde então.

— Então é a primeira vez que nós dois damos um mergulho pelado como adultos. — Ele beijou o ombro dela, surpreso por gostar tanto de saber que compartilharam outra primeira vez.

Eles permaneceram lá, debaixo da água quente, até o vapor ficar tão espesso que escorria pelas portas do chuveiro.

— Venha, baby, vamos te levar para a cama. — Mick a secou e a envolveu em uma toalha antes de cuidar de si mesmo. As pálpebras de Amanda estavam semicerradas e havia um sorriso sonolento em seus lábios. Ela parecia deliciosa, doce e tão confiante que fez o coração dele doer e cantar ao mesmo tempo. Ele acariciou o rosto dela e a beijou. O beijo foi lento e íntimo, um beijo para sua alma cansada se fundir.

Ele a carregou para a cama e a deitou. Ela estendeu a mão para ele com tanto amor nos olhos que ele o sentiu percorrer seu corpo, deixando sua marca, reivindicando partes suas que ele achava que ninguém poderia alcançar. E ele queria mais. Mais primeiras vezes, mais tempo. Manhãs, noites e tudo que houvesse entre eles. Ele lutou contra esses sentimentos por tanto tempo, que realmente acreditava que era incapaz de se apaixonar. Mas Amanda encontrou um caminho para o seu coração e capturou quase três anos de emoções reprimidas enquanto tentavam escapar.

Ela afastou as pernas uma da outra quando ele se deitou sobre ela, e ergueu os quadris para recebê-lo. Ele acariciou sua cabeça novamente, dominado pelo amor que se tornou poderoso demais para ignorar.

— Você é realmente a mulher mais linda que já vi.

— Sabe que sou uma aposta certa, não é? — Ela deu um tapinha brincalhão na bunda dele.

— Não. Você não é uma aposta certa. — *Você é tudo.* — Sou sortudo por estar aqui com você, e falo sério.

— Mick — ela sussurrou, a admiração se refletindo em suas feições.

Ele a beijou de leve.

— Você deveria dormir, baby. Está cansada.

— Não estou cansada demais para nossa última noite juntos.

Nossa última noite. Como um náufrago faminto jogado em um banquete, ele queria devorar cada momento, cada toque, cada palavra. Suas emoções se saciaram e cresceram, consumindo cada parte dele até doer com elas.

— Tem certeza?

O sorriso dela se alargou.

— Sim, doutor. Pare de pressionar a testemunha.

Deus, ele amava o atrevimento dela. Suas defesas estavam enfraquecendo ao ponto de transparência, e quando ela se inclinou para um beijo, ele correspondeu, aprofundando o beijo enquanto seus corpos se uniam e encontravam seu ritmo. O prazer irradiava através dele, cada investida pulsava com a necessidade de protegê-la, cada beijo o inundava com o desejo de cuidar dela. Eles eram uma combinação perfeita no escritório, no quarto, sob a luz do sol do outono ou da lua à noite.

Ele estendeu a mão por baixo dela, angulando seus quadris

para poder tomá-la mais profundamente, por completo. Amanda fechou os olhos com força quando ondas de êxtase os consumiam, pulsando ao redor do pênis dele, enquanto ela gritava o nome de Mick, e ele a seguiu no ápice do prazer, com a necessidade pura e explosiva de amá-la.

Ficaram deitados com as pernas e os corpos entrelaçados. A consciência se espalhava ao redor de Mick enquanto o batimento cardíaco de Amanda se acalmava e sua respiração se regularizava. Seus pensamentos giravam, empurrando-o em direções que ele nunca pensou que seguiria. Ela se aninhou ainda mais perto, e ele beijou a bochecha dela. *Talvez eu possa fazer isso, baby. Talvez possamos ter um futuro.* Talvez ele não estivesse tão arrasado como pensava.

Ela se moveu, se enrolando mais contra ele e, pouco tempo depois, adormeceu rapidamente em seus braços.

— Eu te amo, baby. Eu te amo há muito tempo — ele sussurrou para ouvidos surdos. Tudo bem, porque ele não tinha certeza se conseguiria realmente dizer as palavras em voz alta. Esse amor avassalador o aterrorizava, mas ele conseguiu dizer as palavras e foi incrível.

Pela primeira vez em décadas, o mundo não estava correndo e Mick não estava indo atrás de distrações. Ele estava exatamente onde queria estar. Adormeceu com pensamentos sobre o futuro deles dançando em sua mente.

Capítulo quinze

AMANDA ESTAVA PARADA à beira do estacionamento na tarde de domingo, olhando para o lago e desejando que ela e Mick pudessem ficar nesta cidade mágica para sempre. Uma brisa fresca deslizou sobre sua pele, e ela respirou o cheiro da tranquilidade. Engraçado, não se sentia tranquila quando chegou, e eles passaram por uma infinidade de emoções neste fim de semana, uma montanha-russa, na verdade. Mas de alguma forma, em meio a todo o caos e à encenação, Amanda se encontrou, e nessa descoberta, encontrou uma sensação de paz. Ela achava que precisava de perigo e intriga para preencher a solidão dentro dela, mas não era nada disso. Estava tentando encontrar um substituto para o único homem que ela realmente queria. Procurava por um clone. Uma contraparte. Alguém para preencher o vazio. Agora ela sabia que poderia ter procurado o mundo inteiro e nunca teria encontrado um homem que se encaixasse no perfil, porque só havia um Mick Bad. E ela o amava, com todas as suas falhas.

Eles passaram a manhã descansando no barco e, mais tarde, passearam pelas lojas fofas da cidade. Mick comprou um lenço para a mãe, e eles almoçaram em um café. Depois, dividiram um cupcake da confeitaria de Willow e caminharam de mãos dadas ao longo da costa. Agora estavam arrumados e prontos para voltar à cidade. Ou melhor, arrumados e longe de estarem prontos para deixar esse pequeno paraíso para trás.

Mick envolveu sua cintura por trás e deu um beijo em sua bochecha. Ele cheirava a noites pecaminosas e tardes ensolaradas. Ele tinha cheiro de verdade, confiança, medo e segurança, e mais celestial do que qualquer outro homem. E, ela ousou admitir para si mesma, em algum momento entre a conversa de ontem à noite, a intimidade desta manhã e a discussão sobre suas *coisas favoritas* que se seguiu depois – as dele eram filmes de ação e sair com os irmãos; as dela eram praticamente qualquer coisa romântica: filmes, livros, vídeos de pedidos de casamento no YouTube – ela também percebeu o leve cheiro de *namorado*.

— Eu realmente adoro esse lugar. — Amanda encostou a cabeça no ombro dele. Ela dormiu aconchegada a ele durante toda a noite, e foi o melhor sono de sua vida. — Só posso imaginar como é incrível com as mudanças das estações.

— Agora que você sabe que está aqui, não precisará imaginar para sempre. — Ele a beijou novamente.

Ele tinha feito esse tipo de comentário durante toda a manhã, como quase beijos que nunca se conectavam.

— Se você pudesse ir a qualquer lugar do mundo — ele disse em tom melancólico — para onde iria?

Ela sorriu, pensando na discussão sobre suas coisas favoritas.

— Grécia. Para um lugar como o resort de *Mamma Mia*! E você?

Ele riu e pegou o celular.

— Espere, tenho que adicionar *Mamma Mia*! à minha lista da *Netflix*.

Ela o cutucou.

— Não acredito que já temos que ir embora. Parece que passamos um mês aqui.

— Nos divertimos muito, não é? Embora eu poderia ter

passado sem te ver seduzir outro homem.

— Foi para isso que viemos aqui. — Ela estava sondando, e não se orgulhava disso, mas não podia evitar. Mick não disse ou fez nada específico para fazê-la acreditar que poderiam ter mais do que esse fim de semana, mas na noite passada ela sentiu uma mudança entre eles. E nesta manhã, quando esperava acordar e perceber que tudo tinha sido sua imaginação, os olhos dele estavam mais calorosos, menos sombreados e protegidos. As palavras dele estavam menos contidas, e seu toque, *Deus, seu toque*, era possessivo, dominante e, de alguma forma, carinhoso sem ser passivo ou excessivamente familiar. Poderia ser o efeito dessa pequena cidade encantadora, que conquistou seu coração e a envolveu em um estado de felicidade, mas seus instintos lhe diziam que não era a cidade. Era o homem.

— Sim, foi — ele disse com um tom de aborrecimento.

Ela teve um vislumbre de suas vulnerabilidades, e elas não diminuíam nem um pouco a sua virilidade. Ela o amava ainda mais por tê-las. Elas o tornavam humano. Ele amava intensamente a família, e Amanda tinha a sensação de que ele nunca sofreu totalmente pela irmã que perdeu cedo demais. Era essa intensidade, essa paixão, que o tornava o homem incrível que ele se tornou. Ele, obviamente, via isso como uma falha, mas ela via como uma de suas maiores qualidades. Uma pessoa não podia se importar *demais*.

Ela sorriu, sentindo o calor do sol em seu rosto e a pressão do peito dele contra suas costas. Aquilo era toda a confirmação que ela precisava para saber que ele estava ali com ela, mesmo que não dissesse isso em palavras.

— Será que precisamos mesmo voltar à realidade? — *Realidade*. Era o tipo de palavra que carregava peso, como *responsabilidade* e ser *adulto*. O tipo de palavra que os pais usavam para fazer um ponto.

Ele a girou nos braços, levou uma mão para sua nuca e deu um beijo nas sardas abaixo da orelha. Os olhos dele estavam cheios de promessas não ditas, e ela prendeu a respiração, de repente consciente de seu coração acelerado e da antecipação que crescia em seu peito pelas promessas que ele ainda não havia revelado.

— Mick! Manda! — Louie correu pelo estacionamento, segurando a mão de Bridgette, e soprou sua gaita em três batidas longas.

Mick se virou, se agachou e abriu os braços segundos antes de Louie se jogar nele. Ele riu enquanto se levantava e abraçava o garotinho de olhos brilhantes.

— Aqui está o meu homenzinho. — Ele olhou para Bridgette. — Oi, Bridge.

— Eu queria me despedir. — Louie abraçou Mick, depois estendeu a mão para Amanda.

O coração dela se apertou quando ele se contorceu dos braços de Mick para os dela e pressionou os lábios em sua bochecha. Ele se agitou até voltar ao chão e correu para o gramado tocando a gaita.

— Acho que essa é a forma dele de dizer que você deve nos visitar com mais frequência. — Bridgette sorriu de forma calorosa e abraçou Amanda. — Estou muito feliz por termos tido a chance de nos conhecer, e espero te ver novamente.

— Obrigada. Eu também.

Enquanto Mick se despedia de Bridgette, Amanda se perguntou se os veria novamente, ou se ela tinha se deixou levar pelo momento e transformou a fantasia em algo que não era.

Meia hora depois, eles deixaram o paraíso para trás e pegaram a estrada. O rádio tocava uma música que Amanda já ouviu mil vezes, mas ela não conseguia se concentrar o suficiente para cantar junto. Mick segurava sua mão, acariciando distraído o lugar entre o dedo e o polegar que a entregou no bar. Ela percebeu que estava esperando que ele dissesse o que quer que ia falar antes de serem interrompidos. Aparentemente, essa chance tinha passado, com promessas não ditas e tudo o mais.

MICK DIRIGIU DEVAGAR na volta para a cidade, querendo passar o máximo de tempo possível com Amanda antes que o mundo real voltasse com força. Era difícil acreditar que ele pensou que deixar para trás o que tinham juntos seria fácil. Como ele poderia ter sido tão tolo? Quando se tratava de Amanda, nada era fácil. Ele não tinha ideia de como conseguiu lutar contra seus sentimentos por tanto tempo, dia após dia.

— O Louie é muito fofo, não é? — ela comentou, enquanto destrancava a porta de seu apartamento.

— Ele é, com certeza.

Ela empurrou a porta, e ele a seguiu, vendo o apartamento pela segunda vez, mas sentiu como se fizesse parte de sua vida desde sempre. Como um fim de semana poderia parecer meses inteiros?

Ela colocou a bolsa na mesa de centro, parecendo de alguma forma ainda mais radiante que momentos antes. O fim de semana a mudou também. Ela parecia mais à vontade consigo mesma e se movia com mais confiança. No entanto, apesar de toda a proximidade entre eles, ela ainda parecia ligeiramente insegura perto dele. Isso não o surpreendia, considerando a rapidez e o quanto chegaram longe após tantos sinais contraditórios.

— Não consigo parar de pensar na Bridgette — ela disse. — Eu sei que disse isso ontem à noite, mas realmente acredito que ela teve sorte por ter tido o marido pelo tempo que teve e por ter o Louie.

Ele não ficou surpreso que ela ainda estivesse pensando em Bridgette e Louie. Amanda nunca se esquecia de uma alma. Mesmo depois de terem encerrado os casos, ela ainda mencionava os clientes. Na maioria das vezes, era para perguntar sobre algo pessoal, como saber como o cliente estava ou como o caso os havia afetado. Ela tinha um coração generoso e grandioso. E era apenas uma das muitas coisas que o atraíam. Ele colocou a bolsa dela perto da porta e fechou a distância entre eles.

— Sim, acho que você está certa. — Apenas alguns dias antes, ele poderia ter discordado dela, mas agora que abriu completamente o coração para ela, não conseguia imaginar como podia ter pensado que qualquer quantidade de tempo com o amor da vida de alguém não valeria a dor que causaria se suas vidas desmoronassem.

— Ela perdeu o homem que amava, mas ele está vivo no Louie, e ela provavelmente vê vislumbres dele todos os dias. — Ela suspirou e olhou pela janela. — Mal posso esperar para o Heath e a Ally terem filhos, já que tenho certeza de que eles terão antes de mim.

Um arrepio percorreu a espinha de Mick. Imagens de Lorelei surgiram em sua mente: antes de ela adoecer, rindo ao abrir um presente de Natal, abraçada ao seu urso enquanto Mick lia uma das histórias que ela adorava, e então apareceu a imagem que fez seus punhos cerrarem e seu peito apertar. A imagem que fez sua garganta se fechar com culpa e tristeza: seus olhos confiantes nos dele, enquanto ele fazia a promessa que nunca poderia cumprir.

— Você quer ter filhos? — Como ele poderia não saber disso? Ele finalmente conseguia ver um futuro com Amanda. Casamento, envelhecer juntos, mas em nenhum lugar dessa visão ele tinha imaginado filhos.

— Não tão cedo — ela respondeu, se voltando para ele. — Mas espero ter antes de eu completar trinta e dois ou trinta e três. Eu amo crianças, e sei que terei que acertar minha carreira e tudo isso, mas estou ansiosa por isso. Família é *tudo*, mas você, mais do que ninguém, sabe disso.

— Certo, família. Sim — ele gaguejou em perplexidade enquanto alarmes soavam em sua cabeça. *Filhos. Ela quer filhos.*

Ela deveria tê-los. Ela deveria ter tudo.

Amanda estava falando sobre quando ela e a irmã eram mais jovens, mas ele estava ouvindo pela metade, lutando com sua própria consciência. Seu celular tocou, e ela o tirou da bolsa.

— Deve ser a Ally perguntando se cheguei em casa bem.

— Atenda. Eu espero. — Ele precisava do espaço mental de qualquer maneira. Deu alguns passos para trás e caminhou de um lado para o outro. Colocou a mão no bolso e tirou a bolsinha de tecido com o presente que comprou para ela no festival, sentindo seu coração doer de novo.

Ela encerrou a ligação e colocou o celular na mesa.

— Eu disse que ligaria de volta. — Ela respirou fundo, erguendo os ombros, enquanto seus lábios se curvavam em um sorriso largo, outra coisa que ele aprendeu a amar.

— Obrigada, Mick, pelo fim de semana, por sua paciência, por tudo.

Seu amor por ela empurrou a angústia que fervilhava dentro dele um pouco mais fundo.

— Baby, eu é que deveria agradecer por sua paciência. Por

tudo o que você é.

Os dois sorriram com a brincadeira.

— Eu trouxe uma coisinha para você. — Ele estendeu a mão e abriu os dedos, revelando a bolsinha de tecido dourado com *La Love* bordado.

Ela ficou boquiaberta.

— Você comprou algo para mim? Não precisava. Você já fez tanto.

Nada nunca será suficiente.

— Isso era perfeito demais para não comprar. — Ele colocou a bolsa em sua mão trêmula e foi dominado pela emoção quando ela a abriu e retirou o colar.

Amanda segurou o presente na palma da mão e levantou os olhos vidrados para ele. Ele segurou o colar pela corrente e virou a mão dela. Ela franziu o cenho e olhou para a mão enquanto ele colocava o pingente, um delicado triângulo isósceles dourado, no espaço entre o dedo e o polegar, alinhando os cantos com as sardas dela.

— Combinação perfeita — ele disse, tentando ignorar os fantasmas e incertezas despertados por sua admissão anterior.

Lágrimas escorreram por suas bochechas.

— É tão lindo.

A garganta dele se apertou de emoção. Ele tomou um momento para secar as lágrimas dela e depois colocou o colar. Emoldurou o rosto dela com as mãos e sorriu para a mulher que estava mudando sua vida, seus pensamentos, suas crenças, a cada segundo, e agora tinha lhe dado ainda mais em que pensar.

— *Você* é tão linda. Obrigado, baby, pelo fim de semana mais incrível da minha vida. — Ele selou a verdade com um beijo longo e amoroso.

— Obrig...

Ele a silenciou com outro beijo.

— Foi um prazer. Acha que vai ficar bem amanhã?

— Sim — ela sussurrou.

— Certo, baby. Nos vemos depois.

Capítulo dezesseis

SEGUNDA-FEIRA À tarde, Mick estava sentado em sua mesa com o telefone pressionado no ouvido e verificou seu relógio pela quarta vez desde que recebeu a ligação do comentarista esportivo e político Ben Rhapson. O processo de trinta milhões de dólares de Mick resgatou Ben de seu contrato de televisão e o possibilitou mudar para outra emissora. Eles venceram o caso há cinco meses e, contra o conselho de Mick, Ben acabou se envolvendo em outro pesadelo contratual. Normalmente, ele não se importaria se a ligação durasse horas, mas estava sobrecarregado desde que chegou ao escritório e, após uma noite sem dormir, estava desesperado por café.

— Bem — ele interrompeu seu cliente prolixo. — Me envie os documentos. Entrarei em contato depois de analisá-los para informar o que estamos enfrentando.

Ao desligar o telefone, a porta de seu escritório se abriu e seu irmão Brett entrou com um sorriso convencido no rosto. Sophie, a assistente de Mick, a quem Brett adorava flertar e irritar, seguiu atrás dele.

Sophie lançou um olhar furioso a Brett. Ela se posicionou na frente de seu irmão mais velho, e com uma voz profissional, mas firme, disse:

— Eu disse a ele que você estava ao telefone.

Dos quatro irmãos, Brett e Mick se assemelhavam mais,

com maxilares fortes e quadrados e os olhos profundos do pai. Brett também tinha raiva do pai e passava horas na academia para canalizar o sentimento que parecia fervilhar sob sua pele. Mas Brett também tinha um lado mais suave, que raramente deixava os outros verem, e um senso de humor malicioso que rivalizava com sua grande inteligência, tornando-o um homem intenso e complexo. Assim como Mick. Brett era um pouco mais alto e tinha cerca de dez quilos a mais do que Mick, duas coisas que seu irmão mais novo nunca o deixava esquecer.

Mick balançou a cabeça.

— Obrigado, Soph. O Brett tem problema de audição. Se chama Ouvidos de Idiota.

Brett ergueu as sobrancelhas para Sophie.

— Ele me ama. — Ele se jogou em uma cadeira e deu um tapinha em sua coxa. — Sente-se aqui, Soph, e eu te recompensarei.

Ela revirou os olhos.

— Nos seus sonhos.

— Normalmente eu chamo de fantasias — Brett disse. — Mas se você quiser que eu comece a pensar nelas como sonhos, ficarei feliz em fazer isso.

Ignorando Brett, ela olhou para Mick.

— Sala de conferências um: os Miller estão esperando.

— Cinco minutos — ele prometeu e deu a volta na mesa.

— Sete — Brett corrigiu Brett.

— Cinco — Mick disse em seu melhor tom de irmão mais velho, o que geralmente era o suficiente para ganhar alguns minutos antes de o sarcasmo recomeçar. Ele esperou Sophie fechar a porta atrás dela, então cruzou os braços e encarou Brett.

— Você precisa parar com essa palhaçada com a Sophie.

— Aham. — Brett sorriu. — Isso vai acontecer. Ela é alta,

bonita, morena, e ainda não me deu um chute no saco. Acho que ela está a fim de mim. — Brett não era apenas ex-policial, mas ele e o irmão deles, Carson, eram sócios em uma empresa de segurança multimilionária. Ele tinha plena consciência dos problemas que sua atitude podia lhe causar, mas mesmo assim, continuava a provocá-la em todas as oportunidades.

— Você é um idiota. — Mick já havia desistido da batalha perdida de fazer Brett mudar suas atitudes.

Brett arqueou uma sobrancelha.

— Vamos lá, você nem tentou. *Idiota?*

— Tive um dia de merda. — Ele se apoiou na mesa e olhou para o relógio. — Se ela disser que estou ocupado, estou ocupado. — Seu irmão sabia disso, é claro, mas também sabia que, a menos que se encontrasse com o presidente dos Estados Unidos, Mick sempre arranjaria tempo para ele, assim como faria por qualquer um dos irmãos.

— Você não parece muito ocupado. — Brett observou Mick com um olhar avaliador. — Na verdade, você parece horrível. Hum.

Ele passou metade da noite pensando em Amanda. Não apenas seus lençóis tinham o cheiro dela, mas mesmo depois de trocá-los, seu corpo se recusou a dormir sem ela. Ele passou horas repassando o fim de semana, seus sentimentos e a bomba que ela jogou sobre ter filhos na noite passada. Às três da manhã, ele finalmente enviou uma mensagem de texto com uma *selfie* que havia tirado deles e a mensagem, *Amei nosso fim de semana secreto.* Ela respondeu às cinco e meia com *Obrigada por um fim de semana perfeito. Argh, segunda-feira. Nos vemos em breve.*

Em breve acabou sendo várias horas depois, quando ela entrou na sala de conferências durante uma reunião. Eles trocaram olhares, e ela disse *boa segunda-feira, sr. Bad*, ao que ele respondeu, *Obrigado, srta. Jenner.* Essa foi a extensão de sua conversa. Ele pediu licença da reunião para tentar alcançá-la, mas ela já havia entrado em outra sala de conferências. Ele não teve dois segundos para procurá-la desde então.

Brett coçou o queixo.

— Vamos ver o que isso pode significar. A, você precisa transar, mas de acordo com o Logan, isso já foi resolvido.

— Jesus — Mick murmurou. *Logan? Que merda é essa?*

— O que me leva a B. Você está exausto por transar e frustrado porque…?

Mick não cairia na armadilha até saber o quanto Brett já sabia.

— Logan?

— Ele e eu bebemos com o Dylan ontem à noite. Parece que ele conversou com a Willow, que não sabia que o Logan não fazia ideia, — assim como o resto de nós, que você estava pegando sua assistente jurídica fora dos limites. Ela contou para ele, que compartilhou com o resto da turma.

— Ótimo. — Mick andava de um lado para o outro. — Eu não estou pegando a Amanda.

— Um fim de semana sem sexo com a garota por quem você suspira há anos? Isso explica por que você está com essa cara. — Brett colocou o pé em cima da mesa de Mick, que o empurrou para o chão.

— Eu não suspiro por ninguém. — Desejar, talvez, mas suspirar era coisa de criança.

Brett resmungou.

— E foi tudo *menos* um fim de semana sem sexo.

— Então qual é o problema?

— Problema? Quem disse que há um problema?

Brett se levantou e ficou frente a frente com Mick.

— Seu rosto. Desembucha, mano, senão a Soph vai voltar e você será forçado a me ver flertar com ela de novo.

Mick riu.

— Você é um idiota.

— Anotado. Desembucha.

— Ela é... — Ele olhou pela janela, se lembrando de tantos momentos... a conexão intensa entre eles no bar, a forma como ela o olhou quando ele revelou sua identidade na sexta-feira à noite, o jeito doce e amoroso que ela o olhou na noite passada. Ele se pegou sorrindo e, antes que Brett pudesse tirar sarro disso, ele confessou.

— Ele me derrubou, mano. Eu contei a ela sobre a Lorelei.

O sorriso sarcástico de Brett desapareceu, e ele apertou a mandíbula. Cruzou e descruzou os braços, o assunto tabu crescendo entre eles.

— Eu sei — Mick disse com firmeza. — Eu sei muito bem.

Os dois continuaram a andar de um lado para o outro, como tigres enjaulados cercando o mesmo demônio.

— E?

— E você já sabe. — Não havia como enganar nenhum de seus irmãos, especialmente aquele cuja carreira era construída em desvendar segredos e mentiras. Pelo que Mick sabia, Brett já conhecia todos os detalhes do fim de semana deles, inclusive o colar. Não, ele nunca iria tão longe, mas poderia, e esse era o ponto.

— Ela me derrubou e não há como voltar atrás.

— Então, qual é o problema? — Brett parou de andar. — E não me diga que não há problema.

Mick deu de ombros.

— Ela quer ter filhos.

— Claro que sim. Ela é mulher — Brett disse. — Tem ovários, útero e hormônios que a fazem querer todo tipo de coisa. Cerca branca. Cachorro. Flores e essas merdas.

Quando Mick não respondeu, Brett perguntou:

— Ela quer ter filhos agora?

— Não.

— Amanhã?

— Não.

— Na próxima semana? No próximo mês?

— Não. Droga, Brett, para com essa palhaçada.

— Isso é absurdo.

Mick o encarou e saiu furioso de seu escritório para andar pelos corredores. *Claro que era um absurdo.* Ele olhou para o caminho que tinha desgastado no carpete ao longo dos anos, lembrando do comentário de Amanda sobre ele fazer isso. Ele não ia pedir para ela não ter filhos, pelo amor de Deus.

— Eles estão impacientes — Sophie disse ao se aproximar por trás dele.

— Dois minutos. Prometo. — Ele estendeu a mão para a maçaneta quando Amanda apareceu no corredor. Ela diminuiu o passo, curvando os lábios em um sorriso. Ele queria abraçá-la e dizer que sentiu sua falta, abraçá-la e beijá-la.

Mas Sophie passou atrás dela e disse:

— Um minuto! — Lembrando que ele já estava atrasado demais para arriscar demorar mais.

Ele sorriu para Amanda quando ela ficou atrás dele.

— Oi.

— É segunda-feira — ela disse.

Ele percebeu que ela estava usando o colar que ele lhe deu, e isso o fez se sentir quente por dentro.

— Conseguimos — ele olhou para a porta. — Sinto muito,

mas estou muito atrasado...

O rosto dela ficou sério.

— Claro. Vá — ela disse e saiu apressada pelo corredor.

Mick empurrou a porta, se sentindo como se estivesse sendo puxado em mil direções diferentes. Brett ficou alerta, com os braços cruzados, queixo erguido.

— Eu a amo — Mick disse. Não pretendia soltar isso, mas caramba, era a verdade. — Ela é tudo para mim. *Tudo.* Como nenhuma outra mulher nunca vai se comparar. — Ele contornou seu irmão chocado e reuniu seus arquivos para a reunião com o cliente. — Mas eu sou um cretino fodido.

— Não somos todos? — Brett parou ao lado dele, a bravata e a arrogância desaparecendo.

Sua expressão séria e dolorida lembrou Mick do menino que Brett era antes de perderem a irmã. Mais especificamente, do olhar que ele passou a ter depois de Lorelei, a única pessoa na Terra que já havia conseguido acalmar a fera, ter acalmado sua raiva.

Um arrepio percorreu a espinha de Mick.

— Ouça, Mick. Perder Lorelei devastou a todos nós. Não há dúvida disso. É uma merda e, infelizmente, não há ninguém que possamos matar por tê-la levado embora. Acredite em mim, eu tentei. — Ele disse isso com pesar, não humor. — Nosso pai nos fez um favor, ou mais especificamente, você, mas você está a quilômetros de distância daquele idiota. Agora é sua vez, e você nunca recuou e esperou que algo ou alguém abrisse caminho.

Uma batida soou, e eles se viraram para a porta quando Sophie a abriu e olhou para dentro.

— Já faz muito tempo. Eles estão roendo a mesa da sala de conferências. Receio ter que instalar barras de escalada em breve.

Sem perder o ritmo, os lábios de Brett se curvaram em um

sorriso diabólico.

— Vou instalá-las hoje à noite; assim podemos experimentá-las.

Mick o encarou.

— O quê? Depois do expediente, é claro — Brett avisou.

Sophie abriu um sorriso travesso que iluminou seus olhos azuis.

— Não se preocupe, Mick. Tenho a sensação de que o Brett só fala, mas não age. — Ela fechou a porta atrás de si.

— Eu disse que ela estava interessada em mim — Brett brincou.

— Um dia alguém vai revidar a sério, e vamos ter que te tirar da cadeia. De novo. — Mick puxou Brett para um abraço masculino. — Eu te amo, cara.

— Eu também.

— Merda, desculpe. Te distraí. Por que você veio aqui? — Mick abriu a porta, e eles caminharam em direção à sala de conferências.

— Para te encher o saco.

Mick balançou a cabeça. Seu telefone vibrou com uma mensagem, e ele o tirou do bolso, xingando quando o nome do pai apareceu na tela.

— Divirta-se com isso. — Brett deu um tapinha em suas costas e saiu do escritório.

Mick abriu e leu a mensagem.

Soube que você assinou com a Pilgrim. Tal pai, tal filho.

Como seu pai já sabia que Mick tinha assinado com a *Pilgrim Entertainment* em menos de três horas para o que prometia ser um processo multimilionário, estava além dele.

Talvez de certa forma, pai, mas não da maneira que importa.

Antes de entrar na reunião, ele fez duas ligações telefônicas, uma para Logan, o tagarela, e outra para Carson, o irmão calmo, tranquilo e equilibrado que não o encheria.

AMANDA PRENDEU A respiração quando os passos distintos de Mick, *confiantes, pesados e uniformes*, saíram da sala de conferências em direção ao escritório dele. Ele estava em uma reunião desde às cinco com a famosa e deslumbrante atriz Penelope Price. Amanda a viu entrar como se tivesse uma única coisa em mente: *seduzir Mick Bad.* Ela era alta, loira e tinha pernas longas que os homens provavelmente pagariam milhares de dólares para tê-las ao redor da cintura. *Ou da cabeça.*

Ela tinha que parar com isso. O ciúme não resolveria a dor de seu coração partido. Eram seis e meia, e ela estava tentando recuperar o fôlego desde a noite anterior, quando Mick lhe deu o belo colar. Ela tocou o delicado pingente de ouro agora, se sentindo um pouco tonta. Ela achou que o colar simbolizava a profunda conexão deles, mas não poderia estar mais errada. *Acha que vai ficar bem amanhã?* Ela repassou suas mensagens conflitantes a noite toda, e esta manhã ainda não conseguia se livrar da sensação de que não havia fabricado sua intensa conexão apenas com esperanças e sonhos. Isso foi antes de ver a mensagem de texto dele se referindo ao *fim de semana secreto* deles, o que cravou uma estaca em seu coração. Ela foi trabalhar determinada a não fazer muito caso de qualquer coisa que ele fizesse ou dissesse. Ela era adulta. Podia lidar com isso. Além do mais, sabia exatamente no que estava se metendo quando aceitou a oferta dele.

Ela pegou os documentos que imprimiu e se levantou com as pernas trêmulas. Aparentemente, não precisava se preocupar em interpretar mal as coisas. Seria impossível transformar suas interações curtas, concisas e um pouco distantes em algo mais. Mick falou sério sobre fingir que nada tinha acontecido entre eles. E, embora não devesse, isso a deixou furiosa, porque que tipo de homem diz a uma mulher que a quer, a cobre de carinho, compartilha segredos profundos e sombrios e, em seguida, vira as costas para ela?

A adrenalina percorria suas veias enquanto ela caminhava em direção ao escritório de Mick. As paredes se fecharam em torno dela, os ruídos foram abafados pela tempestade de sangue correndo em seus ouvidos. A porta do escritório de Mick estava finalmente entreaberta. Ela respirou fundo uma vez e a abriu. Ele estava em pé perto das janelas, alto e largo, seu escritório preenchido com sua essência masculina e poder provocativo. Ele se virou quando ela fechou a porta atrás de si. Em um piscar de olhos, seu corpo se tornou líquido – *calor líquido, amor líquido* – derretendo sua firme resolução de finalmente fazer os dois encararem os fatos. Ele franziu o cenho, colocando a máscara séria e questionadora de advogado, que substituiu todo aquele calor por dúvida.

— Amanda?

Ele não deu um passo em direção a ela, o que a matou de novo, mas ela ainda se recusava a acreditar que a conexão deles não era real. Sob seu terno caro, a fachada de advogado, e apesar da distância física entre eles, ela sentia uma corrente de amor tão forte que a deixou ainda mais irritada por ele conseguir fingir que não estava lá, vivo entre eles como uma alma viva e respirando.

— Não sou uma mulher fraca e patética, Mick, e me recuso

a ficar aqui e deixar você me fazer sentir... — *O quê? Amada?* Porque, apesar de ele estar ali como uma estátua, ele a fazia se sentir amada, protegida, segura e... sua mente procurava pelas palavras certas. Sua expressão não mudou, e em cerca de dois segundos ela pareceria fraca e patética se não se controlasse. — Como se eu não conseguisse ler pessoas ou emoções, porque eu consigo. Consigo mesmo. Tivemos algo incrível e intenso. Nós tocamos partes um do outro – não tocamos, no sentido sexual, mas... *argh*! Você sabe o que quero dizer.

— Amanda...

— Me deixe terminar. — Ela estava respirando com dificuldade, em pânico total e que colocar tudo para fora antes que ele a silenciasse com sua explicação irritantemente calma sobre por que ele não queria que isso fosse mais longe. — Você pode ficar aí, frio e profissional, e esconder seus sentimentos, porque aparentemente isso é algo que você faz muito bem. *Fingir.*

Ela andava de um lado para o outro, falando rápido e alto, grata por que o resto da equipe já tinha ido embora, e quando percebeu que ele não estava se movendo, isso a deixou ainda mais irritada. Ela não fazia ideia do que significava ele estar parado como uma estátua.

— Não estou comprando isso — ela grunhiu. — Você disse que não estava com medo, mas sabe de uma coisa, Mick? Acho que você tem medo de se permitir ser feliz e amado, e de amar alguém de volta. — Ela lhe entregou os documentos.

Ele olhou para os papéis, apertando a mandíbula pela primeira vez desde que ela entrou na sala. *Finalmente.* Uma emoção legível.

— Isso é uma petição?

— Claro que é — ela respondeu com raiva. — Estou falando a sua língua. O único idioma que você não pode negar.

Fatos, jargão jurídico. As malditas cortinas de fumaça atrás das quais você se esconde.

— Amanda — ele disse em tom calmo e desviou os olhos sobre o ombro dela. — Não posso discutir isso agora.

Ele não conseguia nem olhar para ela? À beira de lágrimas de raiva e devastação, ela se forçou a engolir a dor, ergueu o queixo e o encarou até ele encontrar seu olhar.

— Sempre soube que você era muitas coisas, Mick, mas covarde nunca foi uma delas. — Ela se virou e quase colidiu em Penelope Price. A mente de Amanda girou. A porta do banheiro privativo de Mick estava aberta, a luz acesa. Mick e Penelope? Há quanto tempo ela estava parada ali? Quanto ela ouviu? O rosto de Penelope era uma máscara de choque e constrangimento. Amanda murmurou um pedido de desculpas e fugiu, deixando um pedaço de seu coração para trás.

Capítulo dezessete

AMANDA PASSOU PELAS portas do Kiss com o coração na garganta e um turbilhão de emoções explodindo dentro dela. Dezenas de clientes irritados se viraram e lançaram olhares de reprovação. O autor, cuja leitura ela interrompeu, deu de ombros do palco do outro lado da sala. Seu sorriso era empático ou piedoso, ela não sabia dizer. Fez careta e sussurrou um *pedido de desculpas*, depois se esgueirou até a cabine onde Ally estava ocupada mandando mensagens, e se sentou em frente a ela.

— Entrada triunfal — Ally disse sem tirar os olhos do celular. Seu sorriso malicioso indicava que ela estava distraída pelas mensagens sacanas que ela e Heath provavelmente estavam trocando.

— Me desculpe pelo atraso — Amanda sussurrou, e chamou o bartender, pedindo mais duas doses da bebida que Ally estava tomando. Não importava o que era. Gasolina provavelmente serviria bem.

O garçom eficiente trouxe as bebidas rapidamente.

— Espere — ela disse, levantando o dedo enquanto jogava a cabeça para trás e engolia o álcool de um só gole. Ignorando os olhos arregalados de Ally e o brilho divertido nos do garçom, ela colocou o copo vazio na bandeja e pediu mais dois.

— Imagino que o dia tenha sido horrível — Ally falou.

Amanda levantou o dedo, tentando acalmar a dor em seu

peito antes de responder. Não precisava chorar no Kiss, que havia se tornado um de seus refúgios favoritos. O romance estava vivo dentro das paredes do charmoso bar. Lâmpadas vintage adornadas com profundo bordô e enfeitadas com intrincados desenhos de flores pretas pendiam do teto alto, exibindo franjas de seda como pequenos fios de esperança. Velas foram colocadas em mesas de madeira rústica e móveis antigos. Trechos emoldurados de livros pendiam nas paredes como santuários, cada um iluminado por baixo com arandelas. Toda semana, escritores corajosos se apresentavam diante da multidão, distribuindo noções românticas como alimento para corações famintos.

Ela sentiu a mão de Ally cobrir a sua e encarou a expressão calorosa e empática da irmã. Amanda começou a chorar. Seu coração estava faminto, agonizantemente faminto, até que o único homem que ela já amou o alimentou, lhe dando pedaços de si mesmo em olhares, palavras ternas, beijos perfeitos, abraçando-a e a amando até que seu coração estivesse tão cheio que ela tinha certeza de que, se ela se cortasse, seu sangue seria rico demais para vazar.

— Mandy — Ally sussurrou, fazendo com que as lágrimas de Amanda escorressem por suas bochechas.

Amanda pegou um guardanapo e cobriu o rosto.

— Prometi a mim mesma que não choraria! — Ela enxugou o incontrolável rio de lágrimas. — Disse a mim mesma que não me envolveria tanto. — Engolindo o ar, abaixou o guardanapo e olhou para Ally. — Foi apenas um fim de semana, um acordo, e... — Soluços roubaram sua voz.

— Ah, maninha, sinto muito. O que aconteceu?

— O que aconteceu? — Ela riu meio chorando, e enxugou as lágrimas novamente. — Nada, exceto que, depois de três anos amando um homem que nunca achei que poderia ter, finalmente o tive, e me apaixonei mais do que jamais pensei ser possível. Tão profundamente que eu largaria meu emprego e me mudaria para a lua se isso significasse que poderíamos ficar juntos, e ele... — Ela engoliu em seco contra a verdade, enquanto os outros clientes aplaudiam uma leitura que ela perdeu e davam as boas-vindas ao próximo autor no palco. — Ele foi tão honesto e sincero como sempre foi. Eu sou uma idiota.

— Gostaria de ter te impedido de ir — Ally disse. — Mesmo que vocês tivessem um *acordo*, quero dar uma surra em um dos melhores amigos do Heath. E estou totalmente disposta a fazer isso também.

Amanda balançou a cabeça, respirando fundo e forçando as lágrimas a pararem.

— Não, não é ele. Sou eu, Al. Ele nunca mentiu. Ele nunca disse que me amava ou algo que me fizesse acreditar que seríamos mais depois do nosso estúpido fim de semana de aventura sexual. E não havia como confundir a rejeição que recebi hoje, também. Ele não falou mais do que meia dúzia de palavras para mim o dia todo, e não foram palavras de amantes. Foram linhas pretas e espessas desenhadas no tapete entre o fim de semana e a segunda-feira.

Ela parou quando o garçom colocou o pedido das bebidas na mesa, esperando até que ele se afastasse para continuar a falar.

— Tentei falar com ele após o trabalho, e ele disse que não poderia discutir isso comigo, logo antes de eu perceber que Penelope Price estava parada atrás de mim em seu escritório, com aquele vestido curto e saltos provocantes, com seu corpo perfeito, rosto angelical e...

Ally balançou a cabeça.

— Você acha que ele está transando com Penelope Price?

— Não — ela admitiu em voz baixa. — Não acho que ele esteja com ninguém, mas foi humilhante e chocante, e ele estava muito distante. Doeu, sabe? — Ela olhou para as sardas em sua mão, e mais lágrimas vieram.

Ela empurrou a mão sobre a mesa e apontou para as sardas entre o polegar e o indicador.

— Vê essas coisas estúpidas? Foi assim que ele me reconheceu naquela primeira noite no bar. Ele notou minhas sardas.

— Ele *notou* suas sardas? — Ally empurrou o cabelo sobre os ombros e se inclinou para a frente, estudando a mão de Amanda. — Essas coisinhas minúsculas? Isso parece… íntimo.

Amanda esfregou a nuca dolorida, se lembrando da afeição dele por todas as outras sardas dela.

— Não é? Pensei que estava ficando louca por achar que era algo especial e significativo. Ele descobriu e beijou cada uma delas, nas minhas pernas, nas parte de trás dos meus braços, no meu pescoço… com tanta delicadeza, que parecia que ele estava acariciando pequenos diamantes embutidos na minha pele, em vez de marcas com as quais eu simplesmente nasci.

— Não consigo acreditar que ele tenha notado algo tão minúsculo e depois te tratou assim. Isso não faz sentido.

— Eu sei — ela disse, se sentindo mais forte agora que tinha chorado. — Ally, a questão é: sabe como você sabia que Heath era o cara? Você sabia que ele te amava sem sombra de dúvida?

— Todos os dias — Ally disse com um sorriso.

— É assim que me sinto em relação ao Mick, como se soubesse que ele me ama. E sei que não faz sentido dadas todo o resto, mas é isso que sinto. Eu acredito nele, e acredito em seu amor, e talvez isso me torne uma tola…

— Mandy…

Amanda balançou a cabeça e levantou a mão.

— Eu sei. Sou uma tola romântica, e vou beber até tirar essa ideia maluca da minha cabeça esta noite, mas estou te dizendo, o Mick me ama. Talvez ele não esteja pronto para admitir, mas ele ama, droga. — Ela pegou sua bebida quando a multidão aplaudia a segunda leitura que ela havia perdido.

— Amanda.

Ally apontou por cima do ombro da irmã e ela se virou naquela direção… e cuspiu a bebida pela metade no chão ao ver Mick de pé no palco com seu terno escuro e gravata, segurando um bloco de anotações em uma mão, um buquê de rosas vermelhas na outra, e um olhar de amor e esperança nos olhos que fez seu coração parar. Seus irmãos se moviam ao redor do palco, colocando vaso após vaso de rosas vermelhas aos seus pés, enquanto Heath e seus irmãos alinhavam um corredor entre ela e Mick com enormes vasos de rosas brancas, espalhando pétalas de rosa como um tapete vermelho.

MURMÚRIOS E SUSSURROS ressoaram em torno de Mick enquanto ele olhava para a mulher com quem estava morrendo de vontade de conversar há horas. Ele não tinha certeza de que sua voz funcionaria, e seu coração batia tão forte que ele temia ter um ataque cardíaco com o esforço que seria necessário para falar, mas isso não o deteve. Nada o deteria de dar a Amanda o que ela sempre sonhou.

— Amanda. — Sua voz falhou com a emoção e ele limpou a garganta. — Enfrentei centenas de advogados corporativos e tubarões jurídicos. Venci casos multimilionários que levaram anos para serem resolvidos, e nunca em toda minha vida estive tão nervoso.

A multidão riu, e Amanda sorriu, com lágrimas brilhando em seus lindos olhos.

— Você me deu uma petição legal. — Ele sorriu. — Você me conhece melhor do que eu mesmo. Quando você veio ao meu escritório esta tarde, você estava tão determinada, tão cheia de paixão e tão implacável, que precisou de toda a minha força de vontade para não te carregar nos braços. Mas esse não era o seu sonho, e eu quero realizar todos os seus sonhos.

Ele olhou para Carson, que estava parado ao lado do palco com um toca-discos antiquado aos seus pés, e fez um sinal com a cabeça. Carson sorriu e apertou um botão, preenchendo o silêncio com *In your eyes*, de Peter Gabriel.

A mão de Amanda cobriu a boca, e novas lágrimas desceram por suas bochechas.

— Você falou em *juridiquês*, uma língua que conheço e entendo. Mas neste fim de semana, você falou comigo na sua língua, a linguagem do amor e do romance.

Ele desceu do palco e se concentrou nas palavras que havia escrito às quatro da manhã e adicionado durante suas reuniões desta tarde, e então encontrou o olhar de Amanda.

— Não escrevi um romance, e não tenho nenhum trecho para ler. Tudo o que tenho é isto. — Ele ergueu o bloco de anotações. — Fatos. Mais linguagem jurídica. — Ele fez uma pausa enquanto a piada a atingia e ela ria, seu sorriso escondido atrás da mão. Ele arrancou algumas páginas e jogou o bloco no chão.

— Você derrubou meus muros, baby. — Ele ergueu um pedaço de papel que dizia: *Você me libertou*, e deu um passo mais perto.

Amanda estava tremendo, a multidão fez *ahhhh*, e o coração

de Mick quase explodiu.

— Você me fez enfrentar meus demônios. — Ele ergueu outro pedaço de papel e observou enquanto ela lia: *Você os exterminou.*

Ele deu outro passo à frente, e o ambiente inteiro desapareceu. Só havia ele, Amanda e o ar pulsante entre eles.

— Você queria aprender. — Ele ergueu outro papel, observando-a chorar novamente ao ler: *Em vez disso, você me ensinou.*

Ele ergueu outro papel. *Sobre o amor.*

Ele deixou os papéis caírem no chão e ergueu o próximo. *E a vida.*

E o próximo. *E força.*

— Baby, jurei há anos que não teria uma família.

Os olhos dela se encheram de lágrimas e ele deu mais um passo à frente e ergueu outro papel, então o deixou cair no chão, preferindo dizer as palavras em vez disso.

— Então você apareceu. — Ele diminuiu a distância restante entre eles e segurou a mão dela. Guiando-a para ficar de pé, ele se ajoelhou e deu um beijo nas sardas entre o indicador e o polegar dela. — Eu estava perdido, baby. E você estava certa. Eu fui covarde. Por quase três anos, quis estar com você, mas tinha medo de me machucar. Você merece ter uma vida completa com um relacionamento de verdade. Casamento, filhos, cerca branca e longas e barulhentas férias em família.

Ele se levantou, incapaz de suportar a distância entre eles por mais tempo, e levou a mão para a nuca dela, sentindo seu corpo tremer com o toque.

— Eu tinha medo de que a vida desmoronasse ao nosso redor. Medo de não conseguir sobreviver à dor de conhecer o seu amor e perdê-lo. A minha vida inteira, tive medo de sentir, porque pensei que isso só levaria à dor. Mas descobri que nunca soube o que era dor, porque nunca amei alguém tão inteira e profundamente quanto eu te amo. *Dor* é passar outra noite sem você em meus braços. *Dor* é um futuro sem você ao meu lado. Eu soube que nunca poderia viver sem você antes mesmo de pularmos do barco e congelarmos nossas bundas nuas.

Amanda riu, e foi o som mais doce que ele já ouvira.

— Não faço ideia se isso é romântico, mas, baby, se não for, vou descobrir o que é. Eu prometo. — Ele colocou a mão no bolso, retirou uma caixinha de joias da Tiffany's e a abriu.

— Mick — ela sussurrou, respirando fundo várias vezes e segurando a mão dele como se fosse sua tábua salvação. Deus sabia que ela era exatamente isso para ele.

— Eu tenho minhas rachaduras, amor, mas você é minha cola. Me deixe te amar, fiel e apaixonadamente, durante nossa juventude e velhice, através de tempestades e momentos mágicos e qualquer outra coisa que a vida nos reserve. Amanda, você quer se casar co...

Ela pulou em seus braços, prendeu as pernas em sua cintura, os braços ao redor do pescoço e as lágrimas fluindo como um rio, molhando as bochechas dos dois.

— Sim! Sim, Mick. Vou me casar com você. Serei sua cola.

Ele selou essa promessa com um beijo, e o lugar explodiu em aplausos e vivas. Quando seus lábios se separaram, ele colocou o anel de diamante em forma de triângulo de três quilates em seu dedo.

— Um triângulo — ela disse, com a respiração ofegante, tirando ainda mais amor das profundezas de sua alma.

— *Trilhante*, baby. Triângulo brilhante, simbolizando nossa conexão secreta e sua mente incrível e determinada. Você sabia, você acreditou, e sou um homem de muita sorte por ter encontrado uma mulher tão brilhante.

Ela pressionou as mãos no rosto dele, sorrindo e chorando, e examinou seu rosto.

— O que você está procurando, amor?

— O tigre enjaulado — ela disse com um tom sério. — Para onde ele foi?

— Para o único lugar onde ele sempre quis estar. Na sua jaula… para sempre.

Ela sorriu, e ele tentou puxá-la para outro beijo antes que seus irmãos e Ally os separassem, mas ela resistiu.

— Pensei que você não acreditasse na fantasia.

— Essa é a minha garota, precisando de todas as respostas. Eu não acredito na fantasia, mas acredito na nossa realidade.

Ele a tomou em outro beijo de tirar o fôlego. Seus amigos se aproximaram, aplaudindo, provocando e os separando, do jeito que só as pessoas que os amavam poderiam fazer. Enquanto Mick passava de um irmão para o outro, seu olhar nunca deixava sua noiva radiante. E ele teve apenas um pensamento: a realidade nunca pareceu tão perfeita.

Capítulo dezoito

— VAMOS MESMO FAZER isso? — Ally perguntou a Amanda.

— *Você* pode fazer o que quiser, mas eu? — Amanda sorriu para a irmã no espelho do banheiro. — Claro que *vou*. Tente me impedir. — Ela passou os dedos sobre o vestido branco simples, ajeitou o cabelo e respirou fundo. Era noite de terça-feira. Ela estava noiva há exatamente vinte e quatro horas, e hoje ela e Ally ia se casar com seus grandes amores. No Kiss.

— Quero fazer isso; é com você que eu estava preocupada. — Com as mãos nos quadris, Ally imitou o olhar da irmã mais velha questionando a irmã mais nova que Amanda havia aprimorado ao longo dos anos. — *Você* deveria ser a irmã cuidadosa.

— Ser cuidadosa foi pelo ralo quando eu comprei o *Manual* — Amanda disse com uma risada. Ela passou a noite na casa de Mick, e eles já haviam feito os arranjos para suas coisas serem transferidas para o apartamento dele – *deles* – neste fim de semana. Eles ficaram acordados a noite toda falando sobre suas esperanças, sonhos e o amor que sentiam um pelo outro. Ela descobriu que Mick tinha esperanças que nunca havia articulado, nem para si mesmo, e todas incluíam Amanda. Eles brincaram sobre queimar o *Manual*, mas nenhum dos dois podia negar que o livro os ajudou a se aproximarem, então decidiram emoldurá-lo. Era uma piada interna deles, e outro segredo compartilhado.

— Graças a Deus por aquele livro idiota — Amanda disse. — Se não fosse por ele, eu nunca teria seduzido Mick por engano.

As duas riram, e a expressão de Ally se tornou pensativa.

— Não me olhe assim. Você vai me fazer chorar. — Amanda abanou os olhos brilhantes. Ela estava extremamente emotiva desde que Mick a pediu em casamento. Experimentou as mais estranhas sensações conflitantes. Por um lado, ela ficou chocada, mas ao mesmo tempo, seu coração sempre soube que ele era seu único e verdadeiro amor. A noite ficou ainda melhor quando a dona do bar, Poppy Kiss, ficou tão tocada com o pedido de Mick que se ofereceu para sediar o casamento deles. Mick e Amanda trocaram um olhar que dizia mais que mil palavras e, juntos, perguntaram: *quando*? Dez minutos depois, a data do casamento duplo foi marcada, e, para sorte deles, Heath fez uma ligação para o amigo da família, Treat Braden, que estava na cidade vindo do Colorado. Treat era proprietário de resorts em todo o mundo e se ordenou para celebrar casamentos dos hóspedes. Ele ficou emocionado em celebrar o casamento de Mick e até tentou convencer Logan a finalmente se casar com sua noiva, Stormy, e fazer um casamento triplo. Logan insistiu que já tinha planos em andamento, embora tenha se recusado a compartilhar detalhes.

— Estou tão feliz por você — Ally disse. — Você encontrou o seu verdadeiro amor.

Meu grande amor. Ela adorou o som disso.

— O Mick diz que é destino. Você acredita que o meu homem, que não acredita em fantasias, acredita no destino? Tente entender isso. — Mais cedo, no mesmo dia, ela e Mick haviam se encontrado com Treat para discutir a cerimônia, e Treat falou maravilhas sobre sua esposa, Max, e seus filhos. Ele lhes contou como ele e Max se conheceram em seu resort em Nassau durante um casamento, e Mick disse:

— *Foi o destino. Assim como eu e a Amanda.* — Ela ficou impressionada, mas, por outro lado, Mick a surpreendeu ao longo de três anos.

— Não, obrigada — Ally disse, acenando com a mão. — Ele é muito complicado para mim. Vou ficar com o meu médico, que é muito fácil de entender, obrigada. — Ela colocou o braço ao redor da irmã, as duas sorrindo como bobas e se olhando no espelho. — Somos noivas incríveis.

— *Noivas*, Al! Estamos apaixonadas, vamos nos casar. Juro que preciso…

Elas trocaram um sorriso cúmplice e gritaram juntas: *apertões!*, enquanto dançavam pelo banheiro rindo histericamente e se beliscando. A porta se abriu de repente, e Sophie, a assistente de Mick, entrou, tirando fotos com o celular. Ally e Amanda fizeram caretas engraçadas, posando para as fotos.

— Essas vão, com certeza, para a retrospectiva da festa de fim de ano do escritório! — Sophie se aproximou para uma selfie, e as três colocaram a língua para fora. — Vocês precisam se apressar. O Dylan e o Brett expulsaram o barman e estão enchendo todo mundo de bebida o tempo todo que vocês estão aqui. Carson está olhando para a Poppy como se ela fosse um jantar.

Ally e Amanda trocaram um olhar curioso. Brett estava dando em cima de Sophie descaradamente a noite toda.

— Nem comece — Sophie disse, indo em direção à porta. — Esse homem paquera qualquer pessoa com peitos.

— Ela tem peitos ótimos — Ally sussurrou.

Amanda riu e segurou a mão de Ally.

— Estou tão nervosa. E se eu errar meus votos ou vomitar? Meu Deus! E se eu vomitar? Ou desmaiar?

Ally segurou seus ombros e tentou manter uma expressão séria, mas o riso explodiu de seus pulmões.

— Não ajuda — Amanda disse, contendo o próprio riso.

— Você não vai vomitar e, se desmaiar, o Mick vai te segurar. Além disso, somos noivas, é normal ficarmos nervosas.

— Mas eu não estou usando lingerie — Amanda sussurrou. — Prometa que se eu desmaiar e os paramédicos vierem, você não vai deixá-los cortar meu vestido, ou levantá-lo, ou...

— Não temos tempo para preocupações com lingerie — Poppy disse, enquanto colocava um braço em volta de cada noiva e as conduzia para os fundos do bar. Ela era como uma bela Martha Stewart em alta velocidade, incrivelmente organizada, com um gosto impecável e uma mão firme, mas adorável. Ela transformou o palco em um paraíso de cetim e rosas, lírios e rendas, e até estendeu um tapete vermelho para as meninas caminharem. Ela fez tudo isso enquanto ainda administrava o bar. Amanda e Ally pediram que ela não fechasse o bar para o casamento. Como tantos desconhecidos generosamente compartilhavam suas histórias de amor todas as semanas, elas também queriam compartilhar a delas.

Poppy as levou até o pai delas, que estava esperando com um sorriso orgulhoso e lágrimas nos olhos, um sentimental. Poppy as abraçou e desejou boa sorte, então saiu para uma última caminhada de ensaio pelo corredor com a adorável florista delas, Melody, filha de Cici e Cooper Wild.

— Você está linda, docinho — o pai delas disse a Ally e depois a Amanda, — E você também, preciosa. Não acredito que minhas garotinhas estão se casando.

Elas o abraçaram.

Jackson e Cooper estavam circulando pelo bar, tirando fotos, tão fluidos e silenciosos quanto a lua elevado no céu noturno. A câmera de Cooper estava apontada para elas, e o pai delas as puxou para um retrato. Amanda sabia que estava mais bonita do que nunca. Ela se sentia radiante e não apenas na aparência, mas também por causa de seu amor por Mick, que ela não tentava mais esconder. Ela sabia que esse amor brilharia para sempre.

Amanda admirou o palco lindamente decorado, onde sua mãe estava ao lado d sra. Bad e da sra. Wild, cada uma segurando um punhado de lenços. O pai de Mick estava conversando com os irmãos dele e de Heath. Mick parecia com o pai, alto, imponente e estável como um carvalho californiano, mas os olhos do pai dele eram opacos e frios, ao contrário do olhar amoroso e atento de seu futuro marido. Ela olhou para seu único e verdadeiro amor, de pé, alto e orgulhoso, mais bonito do que nunca. Ele e Heath estavam ao lado de Treat, mas os outros homens poderiam ser bonecos de palito ou modelos, e Amanda nem teria percebido. Seus olhos encontraram os de Mick, e, como sempre, o resto do mundo desapareceu.

O BAR ESTAVA cheio de pessoas durante a cerimônia, mas enquanto Mick estava ciente da presença delas, seus pensamentos estavam focados na mulher conversando com sua mãe a poucos metros de distância. Os olhos de Amanda brilharam enquanto recitavam seus votos. Ela parecia feliz, sábia e mais que bonita. Parecia uma mulher apaixonada, e saber que ela estava apaixonada por *ele* trouxe um sentimento de orgulho e responsabilidade que Mick aceitou de bom grado.

— O loira bonita no bar mandou lhe dar parabéns — Dylan falou ao chegar ao lado de Mick.

Ele olhou por cima e acenou para sua cliente, Tiffany Winters, se perguntando o que ela estava fazendo lá.

— Como você a conhece? — Dylan perguntou.

— Cliente — Mick respondeu, percebendo o interesse no tom de seu irmão. — Ela é uma agente esportiva implacável. Pare de olhar para ela com interesse. Ela vai te devorar vivo, Dyl.

Dylan fez uma careta, olhando para a loira.

— O que te faz pensar isso?

— Você tem uma queda por mulheres carentes. Você é um salvador, e ela não deixaria um homem ajudá-la nem se estivesse pendurada na beira de um penhasco e ele fosse sua única esperança.

— Por que isso me excita? — Dylan perguntou com um sorriso.

Mick balançou a cabeça enquanto o irmão caminhava na direção das garras que certamente o dilacerariam. O homem devia ter desejo de morte. *Não é da minha conta.*

Seu pai entrou em seu campo de visão, bloqueando sua vista da esposa. Caramba, ele gostava de ouvir isso. *Minha esposa.*

Fazia muito tempo desde que viu seus pais na mesma sala, e não tinha certeza de como a noite correria. Ele observou o pai se aproximar. Houve um tempo em que Mick o via como todo-poderoso, até intocável, mas isso estava enterrado tão profundamente sob a raiva visceral que o consumia toda vez que pensava no homem, que tinha dificuldade em evocar aquelas memórias. Parecia mais uma história que haviam lhe contado.

Era uma vez um homem...

Mick tomou um gole de sua bebida quando o pai se aproximou. Conteve o desgosto do passado e jurou não permitir que isso corroesse seu futuro. Agora ele tinha uma esposa, uma mulher que adorava, e um dia esperavam ter uma família. Uma família. A família deles. Ele passou tanto tempo com medo desse pensamento, e agora tudo o que ele queria era se divertir com Amanda.

Até agora, quando a presença do homem fez seu sangue ferver, abrindo a porta para os fantasmas do passado. Enquanto olhavam para a multidão, em vez de olharem um para o outro, Mick se perguntou se seu pai não se cansava de carregar o peso da destruição familiar deles. Ele, com certeza, estava farto disso.

— Como se sente? — seu pai perguntou.

— Diferente. — Mick terminou a bebida e colocou o copo na mesa ao seu lado.

— Melhor? — ele perguntou, sem olhar para o filho.

Mick virou a cabeça e observou o perfil robusto e sombrio do homem que era fraco demais para se recompor por sua família. O homem que passou quatorze anos o pressionando para ser a melhor pessoa possível e em dois curtos anos o fez temer o homem que poderia se tornar.

Seu pai levantou o copo e encontrou seu olhar. O cabelo preto como azeviche que tinham em comum agora estava grisalho, realçando o escuro de seus olhos. Seu maxilar quadrado estava visivelmente tenso, acentuando as marcas gravadas de seu passado sombrio.

— Não sei, pai. É? — A pergunta veio de forma espontânea e, quando o pai semicerrou os olhos, ele entendeu que a questão não tinha nada a ver com seus núpcias recentes. Um longo e silencioso momento se estendeu entre eles, cada homem teimoso mantendo sua posição. Mick não era mais um adolescente de dezesseis anos, assustado e lutando para manter a família unida.

Seu pai curvou os lábios em um leve sorriso, parando antes de se concretizar. Era o sorriso de um mentor satisfeito e de um homem que sabia que não devia mostrar suas cartas.

— Não — seu pai respondeu.

Mick engoliu em seco diante da resposta inesperada.

— Nunca foi, nem nunca será. — Seu pai levantou a bebida, observando o filho enquanto a engolia. — Pelo menos, não para mim. — Ele olhou para a multidão. — Mas, com certeza, espero que aconteça para você.

A raiva queimou no peito de Mick. Dylan ergueu um copo, chamando sua atenção e despertou memórias estrondosas daquela fatídica noite tempestuosa. Ele e Carson estavam se aproximando. Brett, ao ver as tropas se reunirem, seguiu atrás dos outros enquanto a mãe os observava com orgulho e mágoa nos olhos. Ela era uma mulher forte e construiu uma vida em torno do que tinha, não de quem havia perdido. Eles eram felizes, apesar das cicatrizes, cada um enfrentando as próprias batalhas silenciosas. Cada irmão estava ali para ajudar os outros. Camaradas, confidentes e amigos. Eles conseguiram, apesar da queda de seu pai. Todos eles conseguiram.

— Poderia ter sido melhor para você — Mick desafiou o pai. — Mas você escolheu jogar tudo fora.

Seu pai respirou fundo, com a mandíbula tensa e os olhos inabaláveis.

— Devastação não é uma escolha, filho. — Ele se virou com uma expressão melancólica que cortou Mick profundamente. — Não há um dia em que eu não deseje ter sido mais forte.

Os rostos de seus irmãos estavam sérios enquanto eles se aproximavam.

— Eu também — Mick falou com sinceridade. Desejava que seu pai tivesse sido mais forte, e desejava ter sido mais forte também.

Dylan, o pacificador, se colocou entre os dois. Carson, seu irmão forte e silencioso, que tinha a força de dez homens – emocional e fisicamente, embora um espectador nunca pensasse isso, dada sua aparência tranquila – ocupou o espaço do outro lado de Mick. Brett ficou diante deles, com os braços cruzados, completando o grupo.

Mick olhou além de Brett, para sua nova esposa, e percebeu que seu grupo, sua cavalaria, tinha se expandido, assim como sua missão. Ele se tornou o patriarca de sua pequena família. Amanda se virou, e o espaço entre eles faiscou e vibrou. O amor era uma coisa poderosa, e Mick sabia em seu coração que nunca perderia isso de vista. Ele era mais forte com ela ao seu lado, e se a vida trouxesse alguma tempestade, ele a protegeria. Se a vida trouxesse dor, ele a cuidaria dela. Mas nunca, nem em um milhão de anos, permitiria que sua fraqueza sobrepujasse o amor deles. Seu pai estava certo. A devastação não era uma escolha, mas como se tratava as pessoas que se amava era.

Dylan olhou por cima do ombro para Amanda e sorriu para Mick.

— Vai ficar encarando ela a noite toda?

— Não — ele respondeu, estendendo a mão para sua esposa e a puxou para perto. — Vou encará-la pelo resto da minha vida.

Espero que tenham gostado da história de amor de Mick e Amanda. Cada um dos irmãos de Mick tem seu próprio livro, começando com nosso cavaleiro, Dylan.

Dylan Bad é o sexy dono de um bar que tem uma queda por mulheres carentes. Ele é um salvador, um cavaleiro de armadura brilhante, e sua poderosa e talentosa espada não tem problemas em colocar donzelas em perigo de joelhos. Tiffany Winters, é uma linda agente esportiva implacável, sensual pra caramba, faz amor como se fosse a paixão personificada e não deixa um homem ajudá-la nem se estivesse pendurada em um penhasco e ele fosse sua única esperança. Uma noite e muita tequila podem mudar suas vidas para sempre. A questão é: algum deles sobreviverá?

Quer mais Bilionários Irresistíveis?

Conheça Logan Wild, um dos quatro irmãos Wild ferozmente
leais e sedutores.

Stella "Stormy" Knight é especialista em esconder os sentimentos, seu passado e sua identidade. Às vezes, todo esse mistério
cobra seu preço, e ela precisa sair de debaixo daquela armadura
pesada e se soltar… mas nunca demora muito para colocá-la de
volta e desaparecer sem deixar vestígios.

O SEAL da Marinha que se tornou o investigador particular, Logan Wild, é implacável em sua busca para descobrir a
verdade para seus clientes. Ele trabalha muito, se diverte ainda
mais e nunca se envolve, nem se prende. Até que conhece a
misteriosa e muito sensual Stormy, que o faz desejar mais que
um caso de uma noite.

A paixão entre eles é inflamável. Segredos são compartilha-
dos e a conexão profunda é impossível de se ignorar. Mas para
terem um futuro, Logan deve descobrir o passado sombrio de
Stormy… e quando o fizer, terá o destino dela em suas mãos.

Novo na série *Love in Bloom*?

Bilionários Irresistíveis – Irmãos Bad é apenas uma das séries da coleção de romances da grande família *Love in Bloom*. Cada livro *Love in Bloom* é escrito para ser apreciado como um romance independente ou como parte de uma série maior. As histórias têm final e não deixam pontas soltas. Os personagens de cada série aparecem em livros futuros, para que você nunca perca um noivado, casamento ou nascimento.

Se você também lê em inglês, pode gostar das outras histórias de *Love in Bloom*, de Melissa.

Veja toda a coleção *Love in Bloom*
www.MelissaFoster.com/love-bloom-series

Baixe os primeiros e-books gratuitos da série
www.MelissaFoster.com/free-ebooks

Faça o download do checklist da série, árvores genealógicas e cronogramas de publicação
www.MelissaFoster.com/reader-goodies

Assine a newsletter da Melissa para ficar por dentro dos lançamentos e promoções:
www.MelissaFoster.com/BR-news

Conheça Melissa

www.MelissaFoster.com

Melissa Foster é uma autora premiada e best-seller do *New York Times*, *Wall Street Journal* e *USA Today*. Seus livros foram recomendados pelo blog literário do *USA Today*, pela revista *Hagerstown*, no *The Patriot* e vários outros veículos impressos. Melissa pintou e doou vários murais para o *Hospital for Sick Children*, em Washington, DC.

Visite o site de Melissa ou converse com ela nas redes sociais. Ela gosta de conversar sobre seus livros em clubes do livro e grupos de leitores, e é grata pelos convites para eventos. Os livros de Melissa estão disponíveis na maioria dos varejistas online em formato físico e digital.

Melissa também escreve romance fofo com o pseudônimo Addison Cole.